幹上俱樂部：3D妖獸變形實錄

鄭宜農

好評推薦

很少人把絕望寫得這樣搗得碎碎的講，用泡著酒精味的文字讓你一口喝下去。她那些年輕人的掙扎說得很輕，但即便是被命運這樣拖行了，筆下的人仍不放棄，鄭宜農這樣直覺又靈巧的文字，連悲傷都能因無限的諷刺而笑了。

——馬欣（作家）

農有一股純粹，是恨不得把自己粉碎，也要看見活著的善美，許多單刀直入，由生活而成的虛實故事，就不再只是字面上的意思。

無論是音樂，或是文字，農小宇宙的革命，注定是一種享受。

——温貞菱（演員）

Patti Smith 在六十三歲時寫《只是孩子》（Just Kid），獻給她二十歲段叛逆搖滾青春裡、勇往直前的逐樂之路上所曾邂逅，各路一身是膽是才華的人馬；那是暮年之眼裡，最好的人，在最好的時光。

歌手與演員鄭宜農在她的二十歲段尾聲，以筆集結揉雜身邊圍繞盛放的「妖獸」之魂、記錄生命中畢竟能有一種「俱樂」之部，是：「真想讓你也看見眼前景致。腦海中冒出這樣的想法，淚水傾瀉而出」；是她早熟的「只是孩子」，是她的「我們在此相遇」（Here Is Where We Meet），是在鄭宜農最好的時光，記錄她最好的時光。

——湯舒雯（作家）

我曾經努力的想要摸透這個人，想知道在她平靜的外表下究竟藏有多少暗湧。一直到我對這件事失去興趣的某天下午，陸續讀完書中的幾篇後，才確認這個奇妙生物果然是憨人我永遠無法理解的。

那些所謂的才華，都是這個人用極度飛蛾撲火的自殺式攻擊衝撞出來的，而她總是還有溫度還有笑容……這種壯烈的生命運行暫且稱為農式美學好了。讚嘆讚嘆啊！！

——楊大正（滅火器樂團主唱）

鄭宜農是樹洞一樣的存在，把祕密釀起來，卻把自己釀成了沼澤。讀她3D特效的文字，也就緩緩陷落在那些憂傷、憤怒、虛空與很多的溫柔裡。

——顏訥（作家）

目次

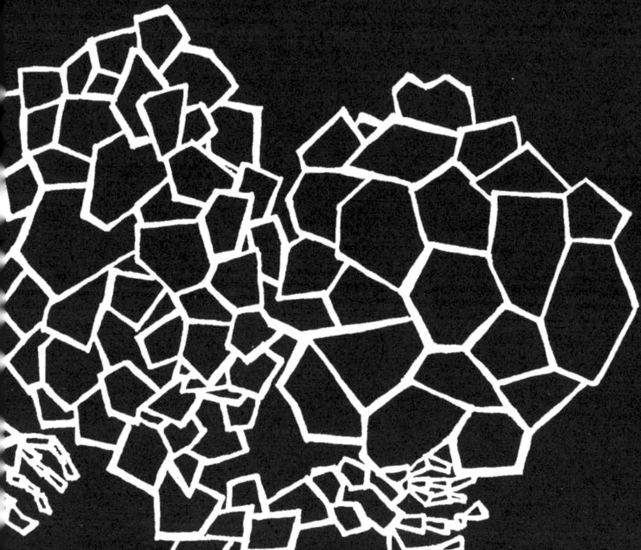

【推薦序】

給冥王星

◎李屏瑤（作家）

還沒有正式見面之前，我就知道我們是同類。各自往不同方向發展，卻其實有跡可循。

我著迷過一個名為《仙劍奇俠傳》的單機遊戲，有個名為「鎖妖塔」的重要關卡。如同迷宮的塔內繁複多變，佈滿各種妖物。攻略教你如何全身而退、快速通關，那年暑假的整整一個禮拜，不，或許是兩個禮拜的時間，我沒日沒夜地在塔內遊走。清空這一樓層的妖怪，前往下一層，再回到上一層，就是角色繞過這面牆的幾步路，在你背轉身去的幾秒鐘，遊戲內部的設定被重新啟動，剛剛消滅的妖怪又全數冒出。他們看起來就是幾分鐘前的那些妖怪，但又不完全相同，我手下的角色就在這些反覆啟動又消滅的既視中，不斷練功升等。每踏到下一層，彷彿又是一個嶄新的人。

遊戲與人生的小小互文，跌跌撞撞的日常，無人知曉，無人相談，只有你與這座塔，那是我的少年時代。

成年之後我幾乎不玩遊戲了，無處可去的憤怒，好像漸漸在生活中消解。畢竟人生真的好難，我不想開啟虛擬世界的新戰局。她玩的是另一種遊戲，她不與人對戰。甚至連遊戲的角色設定，都選擇作為一枚幽靈，她會在海面上建造一條沒有終點的長路，或者在地底下挖礦，挖掘長長的通道，無限延展無邊際的長路，曾經在過程中挖到鏡子，或者是某種結晶的礦脈，就必須乍然面對自己的倒影。荒謬的是，這角色的倒影是個幽靈，也如同是自身的幽靈，實在是好寂寞的一個瞬間，她說她差點哭了出來。

類似這些的時刻，我會意識到我們果然都是獨生子。如果盯著同一個字太長時間，那個字會開始變得奇怪，變得不像那個字，何況是盯著自己呢？

每個人都有不同的應對策略，有些人反擊，有些人逃跑，有些人會抱住炸彈。

她是我見過最不怕受傷的人。

再後來見過幾次她半醉半醒的樣子，所有人都喝了一點的時刻，快接近什麼邊緣的時刻，她看起來多半更靠近醒的那邊，坐在地上呵呵笑，關照每個人的言語動靜。想起她說過的，想成為遊樂園，隨時開放的那種，那大概便是性格與命運會造成的岔路。她始終願意在壓倒性的孤獨中鑿出通道，不是不懼怕傷害，只是有珍貴的寶物要保護。黑夜裡仍有發光的旋轉木馬，等著載誰一程。

對於這樣的一個勇往直前到不可思議的人，我只想說，保持溫柔，然後，記得休耕啊。

【推薦序】

漫長的青春，換來一本發光的書

◎馬世芳（廣播人、作家）

讀鄭宜農的書稿，時時想起一種曾經我也經驗過的狀態。我幾乎忘記了那種滋味，然而確鑿有過的。身在其中的時候，甚至覺得那簡直看不到盡頭，會不會這輩子就都這樣了。

那是一種有時候大人會以「青春期」形容的狀態。有時候覺得自己不可一世，有時候又覺得自己無可救藥，根本糞土之牆。有時候告誡自己要成熟一點，必要的時候應當學習絕情。有時候卻又濫情得一塌糊塗，好像荷爾蒙分泌總是過猶不及，從來找不到平衡值。有時候恨不能代替朋友活過他們的難關，有時候又孤僻得沒心沒肺，只想蒙著頭不讓任何人找到。總是矛盾著，總是感覺驕傲而脆弱，鋒芒畢露又無自信，篤定樂觀卻惶惑不已。

不知怎地，越是早熟的孩子，青春期似乎越是漫長。那可能是一個倔強的決定：既然不能假裝無知於「大人世界」那些混濁與陰影，便告誡自己萬萬不要那麼方便地一腳跨進去。在這個時代，「做自己」多半只是張嘴就來的口號，可是細想下去，不禁背脊發涼：假如連「自己」是什麼都沒有把握，要怎麼「做自己」呢？

慢慢試著回答這個問題，可能要花一輩子的時間。用自己的步調長大，不免遭遇若干冷語冷眼，和少不了的自我懷疑。不過，就算每個人都只能是一座孤島，聚在一起，就成了群島，左右看看，也就不那麼寂寞了。

這本書有很多角色，都是從作者「我」的眼睛看出去的角度。有時候「我」身處神獸和精靈出沒的奇幻宇宙，有時候「我」就在這座城裡和你我買一樣的便利店食物，搭一樣的捷運。鄭宜農用近乎工筆的方式，小心翼翼地揀選她書寫每一位傳主的文體和口吻，你像是坐在深夜不打烊的咖啡館外面的吸菸區和她對坐，隔著兩杯酒，聽她絮絮說著這個人那個人的事情。她表情極是認真，時不時停下來尋找適切的字眼，或是回想某段故事看似不太重要的細節。漸漸你發現：講完這個人的故事，也就替她自己回答了一樁關於人生的問題。

是的，寫了這麼多人，實驗了不同的文體，這本書的主角終究還是她自己：她的青春，她的夢想和挫折，她跌跌撞撞建立起來的生活，和她接受過也付出過的愛。

設若我和鄭宜農年齡相仿，怕也不容易在生活裡混到一起——我大概不會喝那麼多酒，吸那麼多菸，熬那麼多夜，接受那麼多現場噪音的徹夜轟炸，大概更不會在朋友面前放任激情滿溢，直至於失控，只因為心裡明白總有人會接住自己，因為自己也願意在需要的時候接住他們。但在我年輕的時候，也是有過那樣的朋友的，也都樂意在彼此需要的時候接住對方。一面讀著書稿，一面想起幾張年輕時候便認識的臉孔：我曾經在他們身上看到令自己自慚形穢的資質和才華，更感激他們在乎過彼時仍沒有什麼把握的我自己。

老實說，我仍覺得自己身體裡仍然藏著那個一臉倔強，始終二十一歲的少年。有時候他會冷不防攔在我面前，用一種「你確定嗎？」的表情睨視中年的我。我有點怕他，但也感謝他始終都在。

料想鄭宜農也是這樣的，才會始終睜著一雙聰明的少女的眼，寫出這一篇篇發著光的故事。這本書的寫作，算是她對自己人生的一次總整理。現在的她，想來是更篤定的了，這是值得說聲恭喜的。

【自序】

我和我的妖獸朋友

出版社來洽談的時候，我說，我想寫身邊人們的故事。

背負著許許多多遺憾行走至今，現在伸手可及還是美好的人們組成的世界。當然沒有人真活得美好，大家都馬是不斷在社會邏輯與自我之間反覆拉扯，拉得身心靈都傷痕累累、苦不堪言。

這本書以虛實交替的方式記錄了這些殘破景象，有些角色甚至是多人複合。對我來說，愛與恨、虛與實、精神與肉體、此方與彼方，就像是重疊在一起的３Ｄ空間。真正的單純其實是複雜的集大成，唯有理解複雜、才有萃取純真的可能。

因為有這些人的純真，我得以繼續去愛這個世界，因此這本書裡，裝載著許多感謝。

也謝謝麥田給我這個機會寫出這份心意，希望大家能在這些人身上找到自己的影子、以及珍視它們的方式。讀者如果能在這些其實對世界來說實在無傷大雅、對一個最小單位而言卻極具重量的小故事裡，找到會心一笑的瞬間，那對我來說，便是一件很幸福的事情了。

強尼

那幾天北海道的天空總是濛濛一片，飄著細雪。飯店裡暖氣很熱，穿著短袖T-shirt窩在窗邊，小強尼往擦得晶亮的窗戶呼了口氣，眼前景致瞬間被凝結窗上的霧白蒸氣遮蔽。

他伸出手指，在窗上畫上一坨大便。

「你怎麼還沒穿衣服？拖拖拉拉幹嘛呢？快去！」母親從浴室出來，一邊碎唸。

「好啦，我穿衣服很快啊。哎唷你妝怎麼化那麼濃？」

「找死啊？問這什麼。」

套上火箭隊帽T、條紋毛帽，搭配為這趟旅程特別買的雪靴。真醜。他在心裡埋怨。

小強尼平常是不穿醜鞋的，他只穿名牌限量款，限量色系、限量名人聯名，為了這些鞋子，他一大早去鞋店排隊，當他提著購物袋走出店門，瞥見還排得老遠的隊伍裡、其他男孩羨慕的眼神，他驕傲地挺起胸膛。

「早起的胖子有喬丹。」小強尼心想。

小強尼確實是一個肥胖的男孩，臉頰圓潤、下巴也攀附了脂肪。

午休時間，小強尼一個人吃飯。他可以感覺到同學的目光，竊竊私語恥笑著他蓬亂的捲髮。也曾經使用過離子燙夾來把頭髮夾直，可是走路去學校的路上流了點汗、吹了點風，到教室的時候，髮尾再度倔強地捲起它完美的弧線。

出了門，細雪輕落在細嫩的臉上，接觸體溫，融成水。小強尼心裡有些煩躁，他不是特別喜歡這種感覺。

每年寒暑假，母親會選定一個地方帶上他。這是專屬他們兩人的旅行。

母親在前些年跟父親離婚了，過程不是太愉快。如今父親在外面有了家庭，他小妹剛剛出生，小不隆咚的。小強尼好愛他妹妹，可母親總是抱怨：

「你花那麼多時間去不是你的家幹嘛呢？」

小強尼心煩，他討厭選擇，他覺得自己其實也沒得選擇。

街景雪白一片，美得有些寂寥。午飯吃了蕎麥湯麵，小強尼飽飽的，頻對空氣打嗝。母親想去逛的地方有些無聊，就是一些專賣高級瓷器或織品的店。

「怎麼不去滑雪呢？」小強尼問。

「你滑了兩天還滑不夠？陪你老媽逛個街很委屈是不是？」

沒有，小強尼答。小強尼現在好懶得跟母親說話。

逛完幾家店，繼續往這條路走下去，商店跟路人越來越稀少，遠方是被白雪覆蓋的樹林、樹林以及樹林。小強尼百無聊賴，直到他瞥見隱沒在樹與樹之間，一間小小的廟。

他有了幹勁，拉著母親筆直朝廟的方向走去。

「結果我就在那裡卡到陰了。」

此刻，強尼嘴裡咬著串燒豬肝，興致勃勃跟我們說著他小時候的故事。天氣冷，我們幾個女孩子啜飲著熱清酒，強尼則是啤酒大口大口地喝著。

「那間廟裡面有各種奇形怪狀的人像，不像我們在台灣看到的那種，是一些眼睛吊吊、表情詭異的神，然後我走到地下室，幹，那邊整面牆上貼滿了鏡子。

我覺得我那時候個性這麼白爛，一定是做了什麼不敬的事，現在是記不得了。總之回台灣以後，我連續上吐下瀉一個月，去給醫生看也查不出原因，是真的每天吐每天拉喔。大概就跟鬼馬小精靈的叔叔們一樣，上面吃完立刻從下面掉出來。」

「天啊強尼，我們在吃東西！」

「這樣形容才比較生動嘛。後來去廟裡收了驚就好了，可是從此之後我就整個瘦下來，再也沒有變胖，直到最近。馬的我現在真的好胖，那天走進 Levi's 試穿一條褲子，三十腰竟然扣不起來，走出去店員問試得怎麼樣，我就裝不喜歡把褲子還他了。我不要！我沒辦法接受自己去拿更大的尺寸。」

「其實你還是偏瘦的啦，雖然比之前胖一點是真的。」

「你走開我不要聽！」

「欸可是鬼不是不能坐飛機嗎？我朋友說他之前也是被卡，結果出國一趟就沒了。」

「鬼可能沒有跟上來，只是在我身上下了什麼咒吧。不負責任的鬼。」

「什麼人卡什麼陰。」

「屁孩卡屁陰。」

如今的強尼才快要二十五歲，他高高瘦瘦，本來捲而蓬鬆的頭髮剪短梳成油頭，講話「yoyoyo」的，帶點尖酸苛薄。

大家都知道強尼是一個美國黑人。

當然強尼並不是一個真的黑人，他有小小的下垂的眼睛、圓圓的鼻頭、黃色皮膚、戴副眼鏡，那是一張亞洲人的臉，一張常常被認成韓國人的臉。強尼當然也不是韓國人，他講標準中文，台語也會一點點，遇到不爽的事情頗常問候別人老母，問候起來滑溜溜一點都不違和。

即便如此，大家都知道強尼是一個美國黑人。

國中的時候，父親給了小強尼一張美國嘻哈團體 The Fugees 的精選，小強尼從此開始聽嘻哈音樂，其後是 R&B、久保田利伸、the books、the roots、J Dilla。

強尼對美國黑人街頭文化的熱愛，應該算是整個台灣，不，是整個亞洲數一數二，如果有一天這世界上有了一個「唯一熱愛美國黑人街頭文化亞洲人俱樂部」，那一定是強尼創的。從嘻哈史、嘻哈樂、嘻哈品牌到嘻哈時裝，強尼可以細細詳述各種維基百科都不一定寫到的冷知識給你聽。你上他的車，他一定正在聽嘻哈，你看他的臉書，所有引述的歌詞、分享的歌、關注的名人八卦甚至政治文章，全部都跟嘻哈有關。就連用下半身思考的時候，他的性幻想對象都可以是美國流行嘻哈歌手蕾哈娜。

我剛認識強尼的時候其實不太敢跟他講話。他有一種高調的自傲，很多具備豐富知識的聰明人都有的那種。不僅是語言，你也可以從他全身上下掛滿的符號看得出來。喜歡嘻哈的強尼，披著一身對嘻哈的愛。若是對這些符號無知，你會覺得自己是不敬的。怎麼能對嘻哈不敬呢？強尼不接受。

很後來我才發現，強尼的情感表達其實很扎實。當他很在乎一個人的時候，他不太能假裝他沒有，那雙水汪汪的小眼睛盯著你看，就讓你知道他現在有多想知道你的感受、你的想法。他煩起來，你完全看得出他煩，寂寞的時候，他就會告訴你他寂寞。簡單說，強尼不裝酷，他其實裝不起酷。

「我爸媽離婚的時候我有一種感覺，覺得自己是被放置在一邊，不重要的存在。」

有一天我們倆單獨去吃火鍋，他一邊涮著肉，一邊對我娓娓道來。

「他們在做選擇，那些選擇裡沒有我，暫時沒有。

我很愛我妹妹，她真的好可愛，如果以後她交男朋友，我一定會很緊張，可能還會有點生氣。為了看她，我會去我爸的家。雖然每次去都覺得自己是一個外人。

最近我爸常傳訊息給我，跟我報告他在幹嘛。這老傢伙也是很騷包，你看，他都一把年紀了穿著還是那麼時髦。我爸以前是念美術的，他是綁不住的藝術家。」

看著滑著手機照片的強尼側臉，好驚訝，竟然忽然跟我說了那麼多。

強尼很喜歡電影，就讀電影系、主修實驗片。通常拍這種片的人，他們似乎不太在意自己的作品與世俗邏輯之間的隔閡，他們想怎麼說話就怎麼說話。當然影像是語言，語言其實無法超越人所能共知的極限，就算今天我們講玄學、講未知，只要你想呈現出來，所有你使用的元素，都是別人看得見、聽得見的符號。可是，一樣的符號，不同人組起來有不同的樣子，實驗片便是把這個「樣子」放到很大很大，變成一部片的幾乎全部。

簡單說，實驗片是一個很自我的東西。

強尼的實驗片非常詭異。他拍街頭、拍廟宇、拍生硬轉動的偶人。他的內心就跟美國黑人一樣，也有很多憤怒，可那些憤怒是來自於對於人為何必須活著的質疑與對人本寂寞的抵抗，之中有些青澀，有些粗糙。

我有時候會在心裡笑，年紀還這麼輕是在存在主義個雕？不過，誰又不是在這個年紀特別把虛空放得很大。

最近強尼去受洗當了基督徒，我們非常震驚，因為強尼的價值觀一點也不像個傳統基督徒，他不覺得任何人必須對欲望戒律。欲望很正常，欲望很好，當然欲望害人不淺，這沒辦法。他也從來不覺得上帝會阻止同性戀結婚、他有很多好朋友都是同性戀。

「我其實相信這個世界上有上帝，而且上帝真的會幫助人過得更好、更平靜，只是那是我心中的上帝，跟人所界定的規則沒有關係。」強尼說。

「那你以後是不是不能拿香了？」我問。

「不會耶，照拿。我家裡是拿香的，過年拜拜還是會拿。這世界本來就有各式各樣的神，我沒覺得非耶穌不可，只是耶穌特別不錯而已。祂幫助了我很多，所以我把信仰交付給祂，算是一種互相。」

「那你以後都不能跟女生做愛了？」

「怎麼可能。」

那天強尼經過一間媽祖廟，在廟口坐上一陣。

「有時候就只是想靜靜坐著，不用唱歌讚美不用敬拜。媽祖娘娘不好意思，借我一下你家前面的空地讓我跟我的上帝講一下話。」他在臉書上寫道。

我時常想這世上有多少孤單的靈魂，多少人覺得自己在這個世界上注定飄飄蕩蕩、沒有根。這些人跟這個世界搭建橋樑的方式，是不斷嘗試、不斷修正自己的形狀，慢慢建立起來的。結果即使外表有了一個固定的樣貌，他們曾走過的世界已經太大，大到他們無法取捨所有覺得美好的事物。

也是這些人在建立著這個世代的價值觀。

就像我的朋友強尼，他是一個台灣血統的美國黑人，基督教徒，偶爾會去廟前面坐坐。

我覺得這樣的他很棒。

便當

積蓄都花在那把 bass 上了。深褐漸層琴身、渾厚扎實的共鳴。樸實帶著歷史感，聲音好到捨不得接效果器。琴拿到手的時候，他成天傻笑、合不攏嘴，沒事不出門就是巴著琴練習。閉上眼睛，感受指腹緊按琴弦的觸感。摩擦的疼痛、震動的酥麻、肌肉緊繃久了的痠痛，都令他欣喜。右手指在弦上來回撥動，不同力道所呈現的個性都不相同。他是那樣專注地去感受聲音，他好喜歡音樂，除了把 bass 彈好之外腦海裡別無他想。

直到那天晚上練完團背著琴回家，駝著的背有些痠痛，耗費數小時精力以後整個人像消掉的氣球。捷運車廂裡冷氣有些冷，他窩在座椅上不知不覺睡著了。

夢到一隻恐龍。

驚醒的時候口水流了一下巴，眼神與穿著百貨臨櫃套裝、臉色微臭盯著他看的年輕小姐對個正著。小姐撇開臉，專心用起手機。這時候才發現已經到站了，他慌慌張張奔出快要闔上的車門。

走回家的路上腦袋裡始終想著夢裡那隻恐龍，藍色鱗片、巨大的眼睛、消瘦的身體、短短的手。他從小就好喜歡恐龍，床頭擺著幾隻塑膠恐龍玩具、T-shirt 好幾件也印著恐龍圖案。

逼逼～

手機響了，是在這個年代難得的 Nokia330。女友傳簡訊來，說家裡有蟑螂、快回來！

他嘆了一口氣，思緒被打斷了。

搖搖晃晃爬上高抖階梯，氣喘吁吁打開小套房的門。女友瑟縮在角落，指著浴室的方向、一邊哭泣。進了浴室，那隻大蟑螂正探著兩根觸角，找尋生存的出口。

他又想起那隻恐龍，好大好美。

隔天起床才發現 bass 不見了。

打電話去捷運公司問，沒有人撿到。在網路上 po 了徵失物的文，也沒有下文。想必某個人撿走以後並沒有打算歸還的意思，他與這把 bass 建立了短短三個月的緣分，敵不過命運無情（或者自己破洞的腦）。

為了買新 bass，今天是他第一次到工地上工。昨晚到現在都沒有吃東西，錢包裡剩下的三十五塊今早拿去坐了捷運。

正午一到，幾個年長的工人買了便當飲料窩在陰涼角落啃起來。因為是短期粗工，吃飯必須自理。他不敢靠得太近，怕自己受不了食物的香氣，就站在那裡乾巴巴看著大家。

「我兒子最近長得很快，我老婆前兩天看他回家心情不好的感覺，問了才知道是長褲太短、被同學笑了。幹哩娘，講一講說給我在那邊哭啦。我說你馬卡拜託耶，查埔人、為這種事情在那裡流眼淚，能看嗎？唉。今天領完工錢要給他買新褲子。」

一個一臉笑意的大叔一邊跟旁人這麼抱怨著，一邊把大隻雞腿放進嘴裡。油亮亮的雞腿皮被牙齒扯下來，整片吸了進去。

那張嘴像一個黑洞。

大叔蓄了鬍的嘴邊泛著油光，再扒上兩口飯，挾起炒得香脆的高麗菜，和著肉一起嚼起來。然後吸了一大口紅茶，又陸續吃下茄子、豆干、滷蛋的蛋白……

「每天在那邊哭，實在看不下去……」

他乾巴巴的胸口隨著呼吸上下起伏，土垢卡在指甲裡，一直摳不掉。

牛仔褲、T-shirt、捲曲粗糙的瀏海、長了粉刺的鼻頭，全部，沾滿水泥與油漆。

而他不在意。

他是一個 bass 手，團混得很不錯。在觀眾面前，他實力堅強、台風狂野、長相可愛。他也是大家的好朋友，憨傻卻偶有聰明之處，講話渾然天成的靠腰，總是讓大家開懷大笑。

這些他其實，都不在意。

此刻，站在堆倒在地上的油漆桶前，汗水不斷從鬢角與背脊滑落，沁濕了衣物。雙手因為搬運一上午重物正在痠痛發抖，已經沒有力氣了。

他幹他媽的，真的好餓。

不敢讓遠在南部的母親知道自己沒有錢了，當然更不可能向父親開口。其實真的很餓的話回家吃飯是可以的，父親開的餐廳總是生意興隆，麻油麵線、滷豬腳、馬告雞湯……但他已經因為丟掉 bass 被碎唸一個月了，兩人還差點吵到打起架來。脾氣很臭自己也知道。氣自己的時候，甚至會失控到猛打自己的頭。

不過彈 bass 的時候，就真的變得平靜而專心。

他喜歡專注地練習，喜歡創造聲音。並不確定自己是不是真做得很好，但他也沒在想，一個勁兒地做下去就對了。能夠擁有舞台，他很開心。他喜歡舞台、喜歡玩團、喜歡做著這些事的自己。這樣的喜歡非常簡單，就像喜歡恐龍一樣。這些以外的事情倒是有一點太難了。他不喜歡想，也覺得沒必要。因為他不在意。

工人們吃完了午飯，伸伸懶腰。有些人抽起菸來，遞上一根，他拒絕了。

「好啦，上工了。你把垃圾集中一下，把垃圾袋拿去後面垃圾桶」，雞腿大叔拍拍他屁股使喚道。

聽了話蒐集起大家的垃圾。工人們各自忙碌去，沒人再看他。靠近便當盒的時候，灌進鼻子裡的油香讓他忍不住嗚咽出聲。

「來想點別的事情轉移注意力好了。」這樣告訴自己。

於是他開始想。

從小到大他都不是一個愛念書的人，常常曠課。也沒特別幹嘛，有時候只是窩在大樹底下睡個午覺、有時候在城市裡到處閒晃。故鄉高雄是一個大家走路都很慢的地方，平常除了看電影，沒什麼其他有趣的娛樂。所以他最常晃的地方就是新崛江了，去那邊也沒幹嘛，就吃吃小吃、看看人。

那天下午一如往常穿著制服大剌剌走出校門，上衣也沒紮。走在人龍混雜的新崛江商區，嘴裡咬著吸管，正在喝紅茶。腦袋空空的，隨意亂看。忽然間，隱隱聽到音樂聲從遠處傳來，繼續往前走，那聲音就越來越清晰。

「咚噠咚咚噠，咚咚噠咚、咚噠。咚噠咚噠咚噠咚噠咚噠咚噠咚噠」。是鼓的聲音，乾乾悶悶的。

有一群人聚集在那裡，不多、大概十幾二十來個，有些穿著 T-shirt，有些頸上披著長條毛巾，還有幾個也跟他一樣穿了制服。

他有些好奇，一臉木然地朝那裡晃過去，發現原來是樂團在表演。

聲音好大！

他從來沒有看過這樣的場景，也從來沒有聽過這樣的音樂。節奏好急促，每個樂器發出來的聲音都粗粗破破的。台上是幾個長得不特別帥的男孩子，短褲短袖、腰間繫著銀鍊，手上有一些刺青，看起來好兇。

那個主唱唇上方蓄著小鬍子，鬢角很長，唱歌的時候表情超用力的，青筋都爆出來了。旁邊的吉他手手很快，燙了玉米鬚的頭髮隨著音樂輕微甩動，臉痞痞的、看起來有點壞。鼓手動作很大，他是不太懂啦，但節奏很碎的話，應該是很厲害吧？還有一個人，手裡拿著一把跟吉他有一點像的樂器，可是琴的脖子比較長。那也是吉他的一種嗎？

他很努力想看清楚那把琴跟旁邊的吉他有什麼不一樣，於是皺起眉頭、很專心地聽著它發出來的聲音。

咦？這不是吉他。

那個樂器的聲音，該怎麼說呢……是不是……很低啊？

而且也不是一片一片的，比較像是一個點一個點，穩穩厚厚。

「總覺得就好像……」

他想了很久，腦海裡在找一個畫面。好久沒動那麼多腦了，有一種便祕然後很用力的感覺。到底是像什麼？那個好低好低、好圓好圓，像某種回音、某種巨大生物的頻率。是低沉地吼叫、是呼吸……

「啊！像恐龍！」

想到了的瞬間，幾乎要興奮地跳起來。台上的表演在稀落掌聲中結束了。他猶豫一陣，深呼吸一大口，走到那個叫不出什麼樂器的樂手面前。

「不好意思想問一下……」拍拍那個汗濕的臂膀，對方抬起頭，是個帶著淡笑、濃眉大眼的男子。

「嘿是？」那人客氣地回應道。

「因為我沒聽過樂團的表演，想問一下你彈的那個東西叫什麼？……」

「喔。這是bass。」對方一臉好笑地回答。

「貝……貝死？……」

「ｂａｓｓ，低音的那個bass。中文叫做低音吉他。」

「叫做bass啊……」回家路上，他邊走邊晃、邊抬頭看著昏黃的天空，在心裡這樣重複著它的名字。

後來他加入熱音社，在一次多校聯合的成果發表會遇到一群也是喜歡樂團的人，並和其中幾個組了現在的團。他沒有拿到高中畢業證書，大學也念得七零八落。那天在新崛江奮力演出的團體在成軍十七年後辦了萬人演唱會，前面有八九年的時間，舞台底下最多不超過五十個人。這個團一路影響好多好多高雄玩音樂的孩子，他們的名字，叫做「滅火器」。

矮樹倒影徐徐晃蕩、空麻袋攤軟在地上，車流聲從遠處傳來、夏天的蟬也知了知了。站在空無一人的工地後面，他想著這些事。

肚子咕嚕嚕叫個不停，他轉頭看看四周，再看看手裡正握著的、從垃圾袋裡掏出來的便當盒。

剩菜的重量，沉甸甸的。

拿起別人用過的筷子，扒了一大口涼掉的飯。澱粉在快速咀嚼下轉變為醣分，瞬間在血液裡流竄。

於是他滿足地笑了。

後記：

其實我的這位朋友是為了幫女朋友拿東西，把 bass 放在永康街的巷子邊，隔天起床才想起來，跑下去看的時候 bass 當然不見了。買了新 bass 以後又遺落一次，是在前往花蓮的火車上，而且當天要表演，堪稱為傳奇。

妖精與她的少女宿體

隱身在遠處望著人群，我看見一個靈活的身影，以飛快速度蹦蹦蹦地出現在過來的方向。她身上穿著綠色碎花洋裝，燙捲的中長髮因為大律動而上下彈跳，大眼睛四處張望，毛毛蟲一樣的眉毛微微上揚，也在尋找著我。

她想必尋找得有些吃力，因為眼前所及、都是別人的上腰。

原來，我正在等待一個矮小到不可思議的少女。

當天我戴了個壓低低的黑色鴨舌帽，黑色 T-shirt 跟黑色長褲，簡直像是計畫著擄人的戀童癖。

然後她看見了我，一瞬間大大的嘴巴展開一抹笑顏，朝我「蹦」來。

我們一起看了一場生嫩的演出。演出者都是才開始表演的新團體，技巧其實不錯，但講話破口節奏抓得並不好、演奏也還沒能掌握如何綻放自己的魅力。我其實是為了一個重要的人去的，他上來台北幫朋友當樂手。許久沒見了，只是想看看他過得好不好而已。

只是。

女孩在身旁，似乎專注地聽著。我遞給她一瓶啤酒，她笑笑接過、熟練地打開來喝。

演出結束，介紹了許多音樂圈的朋友給她認識，接著一行人就坐在場地外面的水泥地上喝起啤酒來。過程中，她不斷向新朋友們提出各種關於音樂圈的問題，瞪著大眼睛，好像一個站在一堆糖果面前的五歲小孩。

垂涎三尺地。

可以感覺到所有人都因為她的熱切燃起了提供資訊的欲望，畢竟在這個世界上，那麼願意了解自己所知的人真的太少了，要馬崇拜得太輕易、要馬沒興趣得太社會化。

可是，她從頭到尾都沒有透露自己。

稍晚，一夥人決定移動到附近常去的酒吧續攤。要去嗎？我問。她想一想說，好啊。

我們到的時候店裡已經擠滿了人，為她喬了個吧台邊角落的位子，她輕輕一躍，坐定了，腳懸空晃呀晃地。

朋友們認識新朋友高興，替她點了一杯又一杯，大夥兒一乾再乾。

煙霧瀰漫整個室內空間，每個人都在杯與杯之間，一點一點跨過自己的防線。

音樂放得大聲，大家吼叫一般地交談。

就是在那個時候，我看見女孩的髮鬢間緩緩竄出一團半透明的物體，輕巧地穿梭在人與人之間的縫隙，每穿越一次、它的顏色就微微改變，紅色、橘色、蘋果綠、深海藍，這些顏色從那透明的物體裡渲染開來，逐漸混合在一起。

隨著時間一分一秒過去，它的顏色越來越複雜、越來越濃郁。

然後，就在快要混濁成一團接近墨黑之色的瞬間，它「咻」地一下，飛快鑽回那隱藏在頭髮底下的耳朵裡。

原來如此。我想。

在這個城市裡，我這次大概竟然非常難得地，遇見了一個妖精。

妖精是一種質地柔軟、形體變化多端的物種，寄居在人型宿體之中，以捕食情感為生。情感來自話語、眼神，來自一抹呼吸或者一段手指敲打桌面的節奏。

當今妖精已鮮少出沒，一般人甚至根本不會意識到它們的存在，對於妖精如何開始出現在這個世界上、又當前世間究竟隱匿著多少妖精等等的資訊，一概已無從考究。

由於演化的結果，人類們的感官與心智機能逐漸刪減退化，只留下最基本的生存器具，因此，大家只需要攝取最淺白、最容易理解的資訊，並以這些資訊去訂定所有好與壞的標準，即可好好的活下去。

妖精宿體雖然有著一般人的樣貌，行為上多少還是有些特異之處，那是因為它們太過倚賴情感、不可能永遠躲藏不現身的關係。那些情感是普羅大眾已經在演化過程中逐一淘汰掉了的，明明原本是從自己身上流失出去的訊號，人類卻因為早已經忘了那些東西的存在、將其視為未知。面對未知，他們多半帶著恐懼。說穿了，人類的膽小與猥瑣，也不過是為了生存而留下來的必要性技能罷了。

也因此妖精的存活是困難的，很常因為無法融入人類社會而陷入孤寂之境，在沒有外界情感得以維生的情況下，開始自體分泌大量的情緒激素，變成陷於宿體內部、自我啃食與再造的無限循環。日子久了，它們要馬大量嘔吐逆酸、造成宿體自身與周遭人類的身心機能毀損，要馬最後營養不良、終究無聲地死去，留下一具空空的宿體。

能夠存活下來的妖精，都是花了很長一段時間去習得不動聲色捕食的技能，那是它們在自身渴求和與世共處之間取得平衡的方式，而它們的隱匿能力越高超，宿體的人格展現就越顯銳利。

我與這位妖精少女的相識，可以說是一段網路交友成功的範例。這位在社群網站上崛起，廣受青年讀者喜愛的作家，有著感性卻結構工整的文字風格，字裡行間透露令人舒適的老陳，並且幽默得驚人。

一直很喜歡標點符號裡的句點。總覺得所有想像空間其實都存在裡面，句點可以是一切的開始。

而我特別喜歡她使用句點的方式。

每每從夢境醒來，沒有一點起床面對世界的動力。拿起手機開始滑，滑到她堆了滿滿文字的臉書頁面，一則一則點開來詳讀。文字記錄著她考駕照的笑料、與父親互傳 Line 的截圖、為了講座還得做 ppt 而發的牢騷。當然也讀她對世界政治脈絡的觀察與論斷、憂國憂民的憤怒與傷感。

正面裡有靠腰、靠腰裡又閃著微光。

實在是一個思慮非常周全的創作者啊。

時而痴笑、時而熱淚盈眶，不知不覺也就讀了一個下午。

某一天，基於對長期以來從中獲得娛樂與療癒的感激，我轉貼了一篇她的文章到自己的粉絲專頁上。當然說沒想過本人會來回覆是騙人的，但真沒想到的是，這個舉動讓我知道了自己所敬愛的作家，原來曾經聽過、並特別喜愛著自己的一首歌。

誠實地說，那虛榮心就像傑克的魔豆，瞬間長成穿越天際的樹。開始在網路上互打招呼，很節制地友好，但大概彼此都能感覺到認識對方好像會是一件不錯的事。

然後有一天我做了件連自己都驚訝的事情，我約她一起去看了一場表演。這輩子從來沒有主動接近過誰，如今卻為一股衝動約了一個素未謀面、網路上也只講過幾句話的人。

網路交友的魔力，難道就是存在於這些對自己的行為感到疑惑的片刻嗎？

幾次見面之中，我們逐漸堆築出一種交談的方式。多半時候是我說、她聽。我想我是很久沒這樣好好地說了，而我不確定她是不是一直習慣那樣認真地聽。那或許是她身為一個妖精存活至今，努力發展出來的一種處世方式。

她了解我的多，絕對比過我對她的認識。

之後一段日子她離開了台灣，回到正在那裡念書的異鄉。那是美國南方一片遼闊大土之中，一座每年三月便妝點成巨大派對，每個角落都在辦音樂演出的鬧城。異鄉生活多半苦悶，課業壓力從沒變小、思鄉情懷也沒淡過。我們在網路上偶爾互通，見她一陣子負能量飆高，便傳個訊息問候，彼此稍微分享近況、到後來勢必都是演變成講一些不三不四的笑話。

這個世界多半的句號都沒有延展的可能，我想我們的句點有趣多了，於是對於那些笑話之中的話，好像也就很有默契地，都選擇了不去多說。

後來我跟那個重要的人怎麼樣了呢？簡單地說，我想我們都知道，過往有太多摔碎了便黏不回去的片刻，讓我們再也無法自在地面對彼此了。

那個人它也是一個妖精，只是還在尋找著平衡，而我始終無法使它相信，其實它妖精的原型，是一個很美的樣子。

這件事情大概使我這輩子將無法再對自己寬容。

差不多是在我開始面對這份失敗的那段期間，遠方的妖精少女捎來信息，說要結婚了。

二〇一七年年初，我毅然決然搭上乘載著破產未來的飛機，飛向名為「任性」的異國，並且特地排了一趟短暫旅程，到她所在的城市一起過小年夜。

到達約定好的餐廳，看她又遠遠從餐廳門口「蹦」來，只是頭髮剪短了，俏麗地在脖子兩側晃蕩。身上穿著橘色小碎花洋裝，而臉上的笑容，依然像個幼童一般綻放。

我們擁抱，互相問好，進了餐廳，來到座位上。

她指著旁邊的丈夫與我介紹，是個看起來相當可靠、樸實的人，並且跟她比起來，實在，長得很高。

結果其實，這個戴著眼鏡、削短了頭髮，一臉木訥的男子，原來竟然是一個相當好笑的人。

每天早上，他比老婆與身為房客的我都早起，在廚房裡默默做完早餐，然後非常執著地在濃濃的咖啡奶泡上拉一朵漂亮的花。

「你看，今天好像比較成功耶！」這樣開心地跟剛起床的老婆炫耀。

朝夕相處，會聽到他們討論課業、工作、新車、朋友、老師、鄰居、好吃的餐廳與路上的狗。

很多時候，她嚴肅地分享今天的世界政治動向，發表一番條理分明的看法。他總是專注地聽著，擺著一張冷靜、淡然的臉，用那些許混濁的嗓音，以最精簡的字彙回應著。

趁著假日，他倆開車載著我，一起去參訪了她很想看看的歷史遺跡，看她在石牆堆砌的古老戰場裡興奮地跳來跳去。他在旁邊幫她背著包包，手裡捧了一台大單眼相機。巨砲筒時時朝向她嬌小的身影，並在每一個按下快門的瞬間，對構圖好好精雕細琢一番。

有時候也會撞見坐在副駕駛座上的她，一邊聽音樂、懷裡一邊捧著喜愛的鯊魚娃娃，讓牠在那裡隨拍子擺動雙鰭。

原來放鬆下來，變成了一個真正的孩子。

我沒有說，坐在那台老實的新車後頭，我經常能瞥見兩團閃爍著七彩光亮的透明物，在狹小車廂裡溫暖的空氣中旋轉交纏。

一直到現在，我都不能說自己真的知道太多關於這隻妖精與它的少女宿體、經歷了什麼變成今日樣貌的故事，不過，過往我時常幻想著能看到一番光景，那些妖精們在彼此面前展現它們最無畏的澄澈，並毫無顧忌、呵呵呵地燦笑開來。

託緣分的福，有生之年能親眼看見，覺得非常幸福。

章魚少女

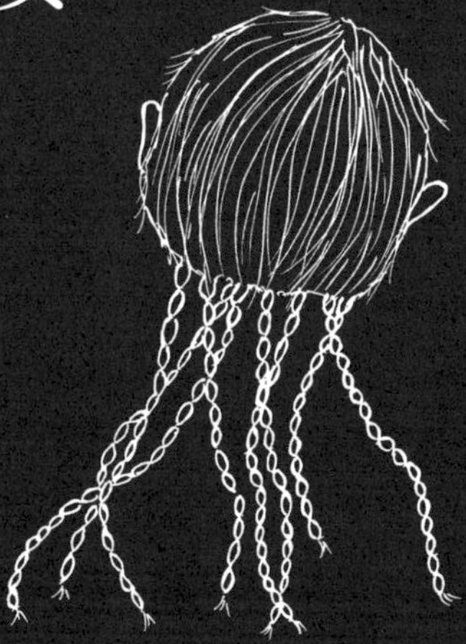

那天早上醒來，她發現自己變成了一隻章魚。

前一晚她躺在床上，起先翻來覆去無法入睡，在意識的斷崖邊反覆想像著種種可能發生的悲劇。明天就是人生第一場正式演出，舞台很大，而她如此年輕、又毫無經驗。那時候一股不服輸的心，答應在準備時間非常短的情形下上場，如今她多希望天永遠不要亮。

直至終於徹底累癱，所有思考失去了求生意志，得以敞開雙手，癱軟著跌進夢海裡的一刻，床頭邊的電子鐘顯示為5:27。

結果，那是一片宛如暴風雨之夜捲蓋過所有迷航船隻一般，烏黑洶湧的海。

在海中，她發現自己被困在一台緩緩下沉的計程車裡。之所以會墜入，是因為快要趕不上演出，要求司機盡量開快一點的關係。水壓太大，車門打不開，她想盡辦法要打破車窗，左敲敲、右敲敲，都沒有用。她心裡急了，自己該不會就這樣死掉吧？還有很多事情想做、想體驗啊！而且媽媽一定會很傷心吧，再也沒有人陪她去買衣服了。

想到這裡，內心湧出強烈的哀傷之情。

「不要。我絕對不可以死在這裡，我還有表演要趕呢！」

「啊！」

她拿出吃奶的力氣，朝車窗擊出一記重拳。只見那片強化玻璃，從中心一點一點朝四方緩緩龜裂，然後「啪」的一聲，玻璃以極緩慢的速度往外四散開來。

大大小小的透明碎片，在清灰色的水中緩緩漂浮而上，它們旋轉、像在跳一場優雅的群舞。

她瘦小的身體從窗框邊滑了出去，雙手用力伸張，撫過玻璃、撫過海藻，撫過所有蜉蝣與好奇的魚。她的手臂肌肉繃成一條俐落的線，筋脈朝四周延展。

可是，那水面好像一直在升高一般，怎麼拚命游，都還是沒有變近的感覺。

她就這樣一直游、一直游、一直游，直到睜開眼睛，看見陽光從窗簾縫隙鑽進來，打在她滑嫩的臉上。

8:13。

不知怎的身體有一種軟綿綿的感覺。起身想去廁所，腳踏在地上，像是失去了支撐力似的。她用了些許力氣才走出房間，來到浴室門口，迷迷糊糊拉開浴室門，走了進去。當然浴室有一面清晰的鏡子，就像每個溫暖舒適的家一樣。她近視頗深，站在鏡子前，裡頭的影像一時之間還是模糊一片。伸手抓了半天，好不容易拿起眼鏡戴上。

接著，方圓五百里的鄰居，在這個陽光暖煦的早晨，都在她的驚叫聲中輕輕醒來。

「怎麼辦呢？竟然變成章魚了。」

「不過講話的語氣還是同一個人沒有錯的。」

「好啦，這樣也是滿可愛的。」

「腳上的吸盤是粉紅色的呢！」

從早晨的餐桌到見到團員，周遭人的反應都比自己要淡定許多，媽媽還笑笑地抱著她說「好滑好好玩喔」。怎麼會這樣呢？究竟是自己的問題，還是這個世界真的病了？

最令她疑惑的是，那天硬著頭皮以章魚之姿登上舞台，竟然獲得空前絕後的讚美，還上了新聞報章的娛樂版頭條。

「驚見打鼓神獸！」標題這樣寫著。

這二十年來，她一直是以一個少女的姿態活著。當她還是一個少女的時候，矮矮小小、肢體僵硬、走路飛快、一雙大眼睛咕溜溜轉。念書很努力，一路念的都是最好的學校。在學校參加了熱音社，開始學打鼓，也是很努力在練習。事實上她做什麼事情都很努力，她知道自己長得討喜、腦袋也聰明，但不管獲得什麼樣的掌聲，都不希望是僥倖。

怎也沒想到人生在一夕之間出現如此巨變，現在的她，簡直被當成了造物主一手締造的傳奇。

每天晚上洗澡的時候，她泡在浴缸裡游來游去，覺得可以暫時忘卻這個世界，真好。

在水中，耳邊除了水流溫和的律動，沒有多餘的聲響，不用表達、也不用面對多餘的眼光。別人不知道用沒有支力的軀幹握著鼓棒其實是一件多麼費力的事，打完一場表演，她全身痠痛、雙眼發暈，緊繫著鼓棒的吸盤也發炎紅腫。當溫柔的水流拂過那些疼痛，她忍不住深嘆一口長氣。

好舒服。

有時候在浴室裡一待就是一兩個小時，甚至不知不覺累到睡著了，就這麼一覺到天亮。

變成章魚的好處是，因為有八隻腳（手）能運用，打鼓確實可以出一些奇招。一般人都是兩隻手拿鼓棒，兩隻腳分別踩一個高音的鈸（我們稱之為hihat）跟一顆大鼓。現在有鼓廠商特別為她量身打造件數多一倍的鼓組，她四隻手（腳）握（捲著）鼓棒，四隻腳（手）踩（吸著）踏板，一人便可以扮演兩個鼓手。

樂團因為這樣整個爆紅了起來，採訪邀約不斷。走（爬行）在路上，路過的民眾總是爭先恐後要求合照。她現在是校園裡的名人了，要好的幾個同學自組成小保鑣群，每天上下課圍繞在身邊不讓人靠近。

「不管你變成什麼樣子，我都會陪著你喔，不用擔心。」最好的朋友對她這麼說。

另一個這麼對她說的人，是她交往兩年的男朋友。

男朋友是同校學長，一直以來都很疼她，也很努力在跟上急性子的她的腳步。原本很擔心他會不能接受，畢竟誰想要跟一隻章魚接吻呢？可是，男朋友看著眼前的章魚，目光裡竟然滿溢著憐愛之情。

只有大她兩歲的哥哥總是冷眼旁觀著一切。

哥哥是個說話有些尖酸、個性有些彆扭的男孩，眼睛總是半闔著似的，藏在細框眼鏡後頭。留著一頭及肩長髮，披在清瘦的臉頰兩側。小時候他們感情很好，哥哥常常抱著她、親吻她高高的額頭。哥哥也是很努力的人，考試前後他們會一起坐在餐桌上念書，只是不知道是不是運氣比較差，他並沒有考到最好的學校，沒有成為親戚眼中最優秀的那一個。隨著年紀增長，他們漸漸疏離了。現在他喜歡跟隨一群喜愛辯論的朋友，一起諷刺這個菁英主義的世界。每當想起從前曾經很要好的時光，她心裡會微微感嘆，自己跟哥哥應該真的是有點不一樣的人，有些事情無論如何勉強不來。

當哥哥第一次見到變成章魚的她，他只說了一句「你怎麼搞的？」就走開了。

其後，哥哥就像往常一樣，把她當成那個話不投機、但坐在一起看個電視也無所謂的妹妹。

花了好一段時間她才慢慢適應一切，人生總要前進不是嗎？

她曾經任性、自我、犯蠢說錯一些話，這些行為傷害了在乎的人，讓家人傷心，讓朋友傷心，讓喜歡的人傷心，可是何其幸運，變成章魚的自己竟然能獲得這麼多愛。

以後就以章魚的身分繼續努力，努力打鼓、努力表演、努力念書、努力活著。

努力成為一個更好的人（生物）吧。她在心裡下定決心著。

暑假來了。

每到這個時節，數個大型音樂活動上演，樂團、歌手的專場也紛紛開跑。她的樂團不例外地籌畫了演場會，主視覺用的就是她的照片。他們特地租了一個白色攝影棚，打了數盞大燈，力求時尚感的形象呈現。經紀公司花上一筆錢打廣告，印製海報、DM，甚至做掛旗、買捷運燈箱，還發了新聞稿。街道、馬路、店家、報章雜誌，處處可以看見她的身影。

她幾乎每天都待在鼓室裡，練團也頻繁。雖然很累很辛苦，可是內心充滿幹勁。門票開賣，一下子就賣光光了。然後表演的日子來臨，她七早八早起床梳洗。準備好了，今天一定要卯足全力。

順順利利抵達演出現場，順順利利裝台，順順利利彩排。直到場燈暗了，觀眾歡呼聲四起，她走上舞台，坐上鼓椅，深吸一口氣。主唱跟觀眾打了招呼，喊了團名，然後轉頭，朝她微微一點。

她舉起鼓棒，1、2、3、4。

鼓棒落在鼓上，發出厚實的聲響。遠處的VJ把攝影鏡頭轉向她，底下觀眾放聲尖叫。

「章魚我愛你！」他們說著。

在慶功宴上，大家酒一瓶一瓶開。平常自己是不喝酒的，尤其變成章魚以後就沒有這樣的邀約了。反正她原本也沒那麼喜歡，無所謂。今天太開心，而且男朋友跟最好的朋友都陪在身邊，酒送到面前，她忍不住舉起來跟大家乾上幾杯，很快就癱成了一團。

迷迷糊糊之中，她聽見有人在對話，隨著意識慢慢恢復，她分辨出那是好朋友跟男朋友的聲音。

「我知道那很辛苦，我懂你的感覺。」好朋友說。

「每次她壓力大跟我訴苦，我心裡其實都有點生氣。你已經那麼成功了，到底有什麼好埋怨的？我也是一直很努力啊，也是有自己很想做的事，可是機會並不是說來就來，不像她隨隨便便一覺醒來就可以變成章魚什麼的。」男朋友答道。

「其實你真的要體諒她啦，忽然變成章魚也不是她所願。如果不是變成了章魚，她現在當然不可能會有這種成績，可是變成章魚這件事，本身就不是一般人可以承受的啊！所以她也是付出相對的代價，你不能這樣比較啦。」

「我知道，所以我還是很護著她，就算有時候覺得其實自己也沒辦法一直跟一隻章魚這樣交往下去，但想到這樣帶給她會是多大的打擊，我真的是說不出口。」

「我們都是一樣吧，沒人想要落井下石啊。」

她緩緩睜開眼睛，發現自己正蜷曲在一台計程車的後座。她沒有起身，只是望著車窗外閃過的燈光，以及不斷往後掃過、那花花綠綠的招牌。不知道過了多久，她就只是這麼靜靜地看著，讓光影閃過她沒有表情的臉，掃過那濕潤的眼睛、深灰色的皮膚，直到看見熟悉的公寓。她在好朋友攙扶下起身，他們帶著她走向大樓，一邊打著電話。

「到了到了，麻煩幫我們開門喔。」男朋友對著電話說。

門開了，他們走進去，按了電梯。電梯上樓，電梯打開。此刻，站在家門口等著他們的，是哥哥。

「那我們就送到這裡了，不好意思那麼晚吵你。」

「沒關係，我還沒睡。」哥哥答道。

他們互道了再見，哥哥攙扶著她進門，把門關上鎖好。

然後她轉過身來，眼淚再也止不住開始掉落。

哥哥看著她，拉起她的手，往浴室走去。他打開浴室，浴缸裡已經放好一盆滿滿的水。

「幫你放了水，進去吧。」

「好寂寞喔。」她終於開口。

「我知道，可是沒辦法，你已經回不去了。」哥哥看著她的眼睛，冷靜地說著。

「我會永遠把浴缸讓給你的，不要哭了。你是一隻活在人類世界裡的章魚，那本來就是很寂寞的一件事，不是嗎？」

她點點頭，走進浴室，看著哥哥關上門。

她躺進水裡，讓整個世界再度只剩下水流的聲音，咕嚕咕嚕，咕嚕咕嚕……

隔天早上醒來，她睜開眼睛的第一個景象，是浴室天花板上水流的倒影。她起身，踏出雙腳，站了起來，走到鏡子前。

眼前出現的女孩，矮矮小小、肢體僵硬、走路飛快、一雙大眼睛咕溜溜轉。可是她沒有太驚訝，她的心裡沒有任何感覺。

哥哥說的沒錯，她已經回不去了。

她早就已經永遠地成為章魚了。

來自冬眠世界的信

親愛的。

回到這裡好一段時間了。現在正是最冷冽的時節，手伸出口袋，差不多三十秒就凍得無法正常伸展。

這裡的天空每天平均只出現三小時光亮，大部分時間沉寂的宛如一萬米之深的海底。天好的時候還可以看到星星，若是陰雨天，放眼望去便是無邊際的黑。

剛開始我不愛點燈，每天的生活就是在黑暗中睡睡醒醒、醒醒睡睡，醒了瞪著眼發呆，睡著至少還能去夢裡找你。可能睡太多了，醒著的時間越來越長。後來漸漸開始看看書、寫寫作，也比較有胃口，偶爾起身覓食。

至於天亮起來的那一小段時間，我其實有很多的工作要做。

我的工作相當耗力。在短短三個小時裡，得把感官收發器全部打開，持續不斷接住世間拋進來的包裹。這些包裹有的很重，或是裝了危險內容物，可能偶爾還夾雜違禁品。我必須檢視每一份包裹，撰寫內容物報告呈報歸檔。另一頭還得忙著將內部生產物分裝寄送。

當然也常常遇到體力不支，必須廠休幾天的情形。

我時不時在複習你的聲音。已經久沒聽見，每天都要確認一下沒有忘記。這裡的法律規定，冬眠者不能接觸冬眠催化體，預防太激烈的情緒波傷害冬眠母體的運作機能，可能導致整個冬眠世界壓縮或擴張。當然我有幾次還是偷偷觸犯了法規，冬眠世界確實因此變得不太安穩。

其實也不是每次都是自己去踩那條法律的線，有時候冬眠世界的磁場自己扭曲，侵蝕我漠然的防護罩。例如忽然聽到一起討論過、喜歡過的音樂，或是聽到覺得你一定會喜歡的歌。那種時候，所有因為分享而歡快的回憶，都瞬間巨大膨脹起來。

還有太多，關於一起去過的地方、看過的電影、走過的路。

結果，冬眠世界總是搖搖晃晃。

在不遠的某個夏天，有一匹剛出生的小馬還沒學會走路，眼睛也還覆蓋著一層半透明的薄膜。試著睜開眼睛，但這個世界對牠來說還只是迷濛的光點。牠聞得到身邊母親的奶香，還有青草的味道。牠知道，媽媽在不久後就會離開。「來，站起來試試看。」媽媽總是輕聲地對牠說，雖然媽媽的聲音隨著日子過去變得越來越虛弱無力。有一天，牠聞到一陣陌生的氣味，氣味混雜在媽媽的奶香之中。牠還看不大清楚的眼睛第一次看到了紅色，鮮血從媽媽的脖子湧出。一對兇狠的眼睛伴隨著低鳴在顫動著，接著，是越來越多的殺意。牠彎曲無力的雙腳在尋找著施力點，眼前景象在此刻變得清晰。

那群「東西」正在啃食著母親。

搖搖晃晃地、牠第一次踏出完整的一步，牠試著奔跑，耳邊傳來「那東西」說著：「這就是真實的世界。」「啊啊！如果這就是總有一天會面對到的真實，那我何必逃呢？」但這時母親吐著最後一絲微弱的氣息，發出痛苦的低鳴：「跑！」那東西邊露出殘忍的笑，邊說著：「沒想到總是獵殺著我族人的你，有一天也會落到這樣的下場啊！」小馬心中有一股燥熱，牠第一次體驗到什麼叫做憤怒。牠的背脊爆出一陣青綠色的筋脈，奔跑，衝向殺了母親的敵人。那些長相細小的敵人們，一邊迎接著死亡，一邊大喊：「看吧！看吧！你們的本性就是殺戮。你想過自己到底是什麼東西嗎？」小馬震懾了，牠舔舐著嘴角的鮮血，看著腳下碎裂的肉塊，想著：「他們到底是什麼東西？我又是什麼東西？打從有意識以來，一直有一個聲音告訴我，我是一匹馬。什麼是馬？」一邊想著，小馬把最後一隻敵人的喉頭撕裂，望著眼前血紅色的廣袤大地，荒蕪一片。牠看了看腳邊的肉塊，不再有溫度、也不再有奶香，前一刻還是牠母親的東西，現在看起來卻和敵人的屍體沒兩樣。就在這一天，牠認識了世界，但好像又什麼都無法明瞭。牠邁開步伐，一步一步地，往前走。牠再也不認識自己了。

這是某個夜晚在我家沙發上窩著，我們你一句我一句寫出來的故事。我常常打開來讀，不知道你還記不記得？

起頭的人是我，一開始的設定，是單純在想一匹小馬奔跑於大草原上，孤獨成長的故事。最後為什麼會變成這樣呢？

有過不少個這樣的時刻吧？像兩隻怪獸，嘴巴吐出利爪，試圖劃破所有寂靜。誰也不願意讓對話消失，把當下所有想法肆無忌憚地掏挖出來，不管那些想法多麼混亂、多麼不堪。

我想，可能就是因為我們有那麼多混亂與不堪，又太渴望把這些東西以某種形式產出，所以就算覺得世界少了自己也無所謂，還是沒辦法不做音樂吧（笑）。

跟你說一個祕密。在你的兩百個人格裡面，我最喜歡可以在路上邊走路邊唱歌的那一個。好似此刻你的世界只有自己內心的旋律，而你是多麼歡快地與之共處。待在你身邊，我也被那樣的旋律所引領，讓我有勇氣開口跟你一起唱。那些時候真的很快樂，你知道我有多喜歡唱歌。

到這裡以後我自己也開始這麼做了。不同的是，我所處在的世界缺少傳遞聲音的介質，張開嘴巴，只感覺吐出的自己被濃稠的寂靜吞噬。

你現在還是每天奔走在人格與人格之間嗎？我知道你好像還需要花很多時間來決定哪一個人格是自己最喜歡的，然後好好擁抱這個人格。當然也非常有可能你一直到最後都不打算決定啦，總之如果有一天想嘗試看看的話，我個人是特別推薦這一個。

關於你那兩顆深邃宛如黑洞的瞳孔，由於世間其實是一堆缺乏層次的單色塊拼湊而成，它們看、卻其實也不是太認真在看。少數時候真去看見了，那放大的輪廓會變得異常美麗喔。仔細往裡面瞧，那裡佈滿透明帶著閃光的銀絲。它們交錯纏繞，結成平面像蜘蛛網、側看才發現是一座高聳鐵塔的網絡。

如果死不放手一直爬，不知會去到什麼樣的宇宙哩。

很可惜，後來我決定放手讓自己墜落了。我發現自己太重，而那座塔並不堅固、已經搖搖欲墜。它垮下來對我來說結果其實是一樣的，我卻不願意預見你什麼都再也看不進去的那一天。

比較難受的是，你抬起好勝的腳往回到地面的我狠狠踩過。那一踩真把我整個人給踩碎了，花了好些時間才慢慢拼起來。那也是為什麼我現在在這裡的原因。

好像得睡上好長一覺讓它慢慢復原。

不知道在那之後你過得怎麼樣了，還是常常失眠嗎？你腦袋裡各種奇幻絢麗、驚世駭俗的想像，是否有找到一個比較自在的出口呢？

你總是說，每個人終究都是寂寞的，因為人並不能把自己腦袋裡全部的想法放進另外一個人的腦袋。

如果你還記得剛認識的時候我是多麼膽怯，害怕自己、也害怕這個世界，直到現在，那份心境都還是隱隱存在著。不一樣的是，就像現在才開始由胚胎形塑成人的樣貌，此刻我正在建構去相信的能力，相信只要自己足夠努力，並不是沒有被理解的可能。

我想是為了用自己去證明給你看吧。

雖然本質上我們是很相像的人，對於存在感到質疑與不安，討厭單一面向的結論，對於世人總是用符號定義角色感到厭煩，但在每一次一起前進的初始，我其實多麼希望能拉著你說：

「看，只要相信的話，也是可以去到不錯的地方喔。」

不管自己是多麼其貌不揚、性情頑劣，我依然決心有一天離開這裡，踏入那個陽光充足的清醒世界，我想讓你看到自己赤手空拳的勝利，只是那需要時間、需要時間。

此刻，我在無聲的黑境裡，點起那盞黃色的暖燈。手腳有些冰冷，可是寫著寫著，胸口感到一股灼熱。於是我打開窗戶，把頭伸出去一點，想讓冰冷的空氣灌進肺裡。結果抬頭，看見像是灑了一車碎玻璃的星空。

真想讓你也看見眼前景致。腦海中冒出這樣的想法，淚水傾瀉而出。我想，我們可能永遠無法再相見了。我仍然很期待在遙遠的彼方聽見你，你的旋律、你的節奏。我也會努力，讓自己有一天能被你聽見，然後我們可以笑著對望於那道最終建立在彼此之間的牆。

「祝你好。」

這塊玻璃牆如此巨大，我可是把自己燃燒成灰燼，換一把大火才有辦法燒出來。

但說真的。

真的。

希望你好。

孤獨的跑衛

我們是在非常痛苦的狀態下趕上飛機的。

前一天晚上，紐約華人們齊聚曼哈頓一間叫做Baby's All Right的酒吧，參加主題為「紐約華語金曲之夜」的派對，而我們則是主辦人Mia邀請的ＤＪ。相較紐約其他酒吧，Baby's All Right是挺明亮的場所，由兩個空間組成，迎門可見長條形吧台，一塊方型活動空間，旁邊跟再往裡面的另一塊區域是用餐區。

我們剛到的時候人還沒有那麼多，氣氛緩緩醞釀，大夥兒都還有些害羞。放歌的人是9m88，我們很欣賞也很期待的新人爵士女歌手。她放了張惠妹的經典名曲〈一個人跳舞〉，聽到這歌大家都挺興奮。那bass編得真好真性感，阿妹唱得也真好真揪心。

經理盯著我的眼睛，問要不要點酒。

當然。我說。

通常一個人今晚會不會醉，其實從點第一杯酒的氣場便可以預見。經理對酒精的渴望是積極的，點酒當下，他眼睛瞪得大大、瞳孔還閃爍著光亮。

其實面對這麼大量的陌生人，我心理狀態頗為緊繃，加上想讓經理放鬆，自己喝酒便相對保守。9m88 放完歌，Mia 介紹我們認識，聊了一些她當前遇到在音樂事業上的煩惱，我也盡力給她意見。我喜歡這個女孩，她很直率，對當下感到的疲累與抽離都寫在臉上。

之後來了幾個男孩女孩與我搭話，他們都喜歡我的音樂。身為創作者，我覺得很好，但是身為一個人，我其實還在學習怎麼持續回應陌生人的讚美而不顯疲態。

大家都一樣，在心思裡各自評估情勢。

放完了歌，又再度分頭浸身不同層次的對話之中，好像一直沒有停下來。那段時間我沒有注意經理到底續到第幾杯。一直到我覺得真必須去外面呼吸一下冷空氣，走出酒吧，風雨迎面而來。那天天氣很差，也非常冷，但當下我寧願凍死也要靜靜抽一根菸。過一會兒，Mia 的美國男友也走了出來，我英文不好、他也不是太想講話的樣子，我向他打聲招呼，便把兩人的空間留給沉默。就是差不多在這個時候，Mia 扛著喝醉的經理奔出。

「他說要找你。」Mia 說。

看著走路搖搖晃晃的經理，我笑了出來。可是經理不覺得好笑，他哭喪著臉、簡直像個嬰孩。

「你為什麼都不理我？」他撒嬌著說。

「沒有不理你啊，只是出來抽菸。」我回答。

「沒有，你整個晚上都沒理我。你為什麼不理我？」

「很多人找我講話呀，對不起嘛。」

「不是，你不可以這樣。」

忽然經理整個人朝我這裡傾斜，像熊一樣把我緊抱。

「不可以不理我，我會傷心。」他說著，頭埋進我肩膀裡。

我緩緩拍著他的背，好好好，沒事。

就是在這時候，Mia 驚叫出聲，大夥兒瞬間一陣手忙腳亂。

毫無預警，經理就這樣吐在我頸肩上。白色的嘔吐物匯聚在大衣平常用來替臉遮風的立領，成一灘小湖。

如同以往總是想把事情計畫妥當、把身邊的人照顧得無微不致，這次所有行程都由經理安排。

經理在台灣一間很大的音樂網路串流平台擔任企劃，也執行大部分該公司舉辦的音樂祭與包案活動。他的個性是適合做這份工作的人，而且他很喜歡音樂。

一般聽眾可能不曾真正理解，今天大家能在音樂產業的環鍊裡去選擇各種屬於自己的娛樂，例如要去哪裡聽音樂、參加什麼樣的音樂祭、關注哪些很棒的樂團或歌手並分享、買樂團或歌手的 CD 與周邊商品，這些光靠創作人自己是做不到的。

創作人只是一心想把想法跟感受製作成聲音、寫成歌詞，並藉此獲得掌聲跟成就感罷了（當然也有些人覺得他們做這些事只是為了自己開心，跟外界的喜好一點關係也沒有）。

這樣說來，我們可以總結為絕大多數創作者本身其實是非常自我、成天在自己的世界裡執著的小混帳。就像一群嬰兒，必須交由具備母性（包括慈愛與控制欲）、個性相對實際，善於條理分明處理與規畫事務的人們從旁拉拔，才有辦法好好長大成人。

沒有經理這樣的角色，「音樂」不可能成為一門產業。

沒有經理這樣的朋友，我也不可能在這趟美國之旅中去到那麼多美好的地方。

出發紐約以前，經理來我家討論了好幾回。我跨完年就飛了，比他提前半個月到達。經理月中飛來，預計先在紐約待上幾天，再一起坐飛機到紐奧良，然後開車去休士頓逛 Nasa，再驅車前往奧斯汀找我的作家朋友湯舒雯。

「你看你看，我們可以開這條路、路上可以看到各種鄉村風景。」
「在紐奧良可以找一天去開一條很長很長的水上道路，旁邊是巨大的湖。」
「我想到要開這些路就覺得好興奮！」

那幾個安排行程的夜晚，經理感覺心情很好的樣子。

到達紐奧良第二天，我們便驅車走訪那條金氏世界紀錄最長的水上橋樑——龐恰特雷恩大橋（Pontchartrain Bridge）。天氣很棒，天空一片蔚藍，卷積雲排列其上，好似一朵朵捲成長條圈圈的棉花糖。

旅途開頭我們都亢奮極了。租到的是車身寬厚的雪佛蘭房車，經理說它很好開，開得很開心。沿路音響音量沒在含蓄的，從李心潔到楊乃文、張震嶽到黃立行，我們一邊隨著音樂扭動、一邊大聲跟唱，還架起小型攝影機對鏡頭胡鬧一番，也攝下水天連成一線、無邊際的動人美景。

不知這樣過了多久，兩人慢慢陷入沉寂。

景色太驚人，筆直的道路又太浪漫，我們駛去的地方沒有現實、沒有矛盾與衝突，那是與過去都無關的地方，一個嶄新的世界。看著窗外，我陷入自己的思考，感到無端寂寥，而那樣的寂寥，很好。

到了湖邊，頓時為眼前的景象震懾。

那湖在微風吹拂下微波盪漾，陽光從雲隙間竄出成堅韌的光束、灑在清澈湖面。

一對年邁男女坐在湖邊，女人叼著菸，往水裡走去。

原以為她只是在離岸近處走走，沒想到越走越遠。這時我們發現這湖原來是淺的，當她走到離岸五十公尺遠的地方，那水也不過淹及膝蓋。她繼續走下去，岸上的男人叫喚，她在遠處回應著。然後男人也起身下了水，他倆在離岸一百公尺處相遇，那裡湖水已深及腰身。

「走啦，下水啦。」經理說。

「可是我牛仔褲捲不起來。」

「那我褲子脫下來給你穿。」

「我東方人的含蓄性格不允許我在這裡當眾脫褲。」

「走啦，都到這裡了，不踏一下水真的可以嗎？」

被經理的執著說服，我把褲子勉強捲到小腿肚，步入湖中。

好冰。

這片湖的底部是土色、滑溜的平面。一樣土色的海藻順著水流輕輕舞動，溫柔拂過雙腳。

遠處，年邁男女在光束下相擁親吻。

「你要不要再走深一點？」經理問。

「是褲子的極限了。」我真心殘念地答道。

「好吧，那我要往前走囉。」

經理一直往外走去，變得越來越小。我回到岸上，躺在岸邊的矮石牆，靜靜看著眼前景致。

「我很喜歡看美式足球，你知道這項運動令人感動的地方是什麼嗎？一個隊要得分，必須穿越重重人牆的阻礙，一碼一碼推進。每一個傳接球以及跑動的瞬間都是一場肉搏戰，大家的共同目標只有一個，就是前進。」

經理講這段話的時候，我心裡想：這真的就是經理會說的話。

在我差不多要下定決心結束一段婚姻，步入新人生旅途之時，他曾經極力勸阻了我。

「不管發生什麼事，兩個人都可以一起努力解決。你們還愛著對方，也曾經許諾要一起解決所有困難走到最後了不是嗎？」

這樣對你也比較好啊。他說。

後來，我做出離婚的決定，並且公開談論自己的性傾向。在生理上我喜歡女生，說真的這已經是我到目前為止關於自己的人生能夠說出來，最篤定的答案了。

那之後有很長一段時間，我陷入不想再與任何人談論的封印之中。鮮少在社群網站發文，也不太出席社交場合。面對各方人馬關心，總是笑笑帶過，要不，乾脆直接表明自己對於一切對話都感到厭膩。

有一天，經理很生氣地跟我說：

「你這樣別人不知道該怎麼愛你！」

到奧斯汀第二天晚上，發生一件有點瘋狂的事。

奧斯汀有一條像忠孝東路一樣大的路叫做六街，整條路上都是酒吧，知名音樂祭 SXSW 舉辦的時候，那裡從早到晚每一間店都有音樂表演，並且塞滿了人。那天是週末，喝酒的人多、酒吧氣氛活絡，我們在湯舒雯夫婦帶領下，跟當地華人朋友 Sam 碰面，一行人開始一間一間走訪。

音樂轟隆響、朋友笑得開心。身為客人的我們，浸淫在被催拱的氣氛中，為了證明自己酒量過人，調酒一杯接著一杯，每一杯都是十秒以內乾掉。

後來的事我不記得了，只知道醒來全身都在痛，摔腫了手、左眼下方也出現一道深深的瘀青。

聽說，當晚喝醉的我們上演了一陣你追我跑的戲碼，經理執著在照顧我的執著，我則是不停掙扎於想脫離被關照的掙扎，那樣的情況所換來的結果，是兩人都受了大大小小的傷。

經理先行回到台灣之後，某個晚上，他丟了訊息給我。

「左邊、右邊，選一邊。」

「幹嘛？」

「你選就是了。」

「好吧。左。」

隔了一陣子，他跟我說，原本寫了一篇旅遊心得，不知道該不該給我看。

「看來命運是要我自己留著。」他說。

「好。」我答。

結果他回了我一句髒話，而我就讓那句髒話留在那裡。

如果人生是一場超級盃而我們都是隊友，結果有人努力在往下一碼推進的時候，有人卻只是在一團混亂的自我裡找一個出口，或者，索性就算了。

努力推進的人，罵幾聲「幹」似乎也不為過。

我明白，經理常常像一個孤獨的跑衛，球進到他懷裡，他只能緊緊抱著，獨自往終點奔去，因為他的世界裡，充滿一團混亂的我們。
望著那獨自撞開重重阻礙、噴灑著汗水的身影，我妄自興嘆。好帥。
當然，因為我們不會、其實對經理來說，或許也不需要改變。於是一個有重量的「幹」，便失去了挽回的意義。

後記：

在完成這本書的當下，經理已經每一篇都看過了。他問過我不只一次，會不會有回頭看自己的文章、發現現在已經不是這樣想了而想改掉的狀況？我的答案是否定的，因為寫過去的東西，它就是那個階段自己與他人關係之間最真切的記錄，沒什麼好後悔的。

關於這篇文章，我的態度也是這樣吧。

一個虛構的故事

那天一行人坐在他們家國宅區的公共廣場上閒聊，徐徐微風撫慰了白天曝曬在烈陽下的皮膚。空了的啤酒罐堆在桌邊，大家都有些茫了，也不管飢腸轆轆的蚊子攻勢多麼強勁，沒有人想輕易解散難得可以這般輕鬆閒聊的時光。原本這對夫婦只是邊嗑著一大包瓜子，邊一派輕鬆分享他們的婚姻生活，聊著聊著，C忽然想到之前曾經在腦海裡冒出的想法。

「前幾天才忽然想到，會不會你其實是我們幻想出來的朋友？我馬上告訴他這個想法。要是有一天發現這個真相，不知道我們會怎麼做？」C對著朋友這樣說道。

「有可能喔。但願你們永遠不要知道真相。」朋友玩笑地回答。

「對呀，說真的我們其實沒什麼可以這樣一起聊天的朋友。」C笑著說。

「要是有一天有一個人發現全世界只有他自己是真的，其他人的存在都是從他的幻想作為源頭，幻想的人再去幻想別人，而且他們自己也不會發現自己其實是別人幻想，那他要怎麼辦？」G邊用手掌把散落的瓜子殼聚集起來，邊這樣問道。

「他怎麼可以那麼肯定自己就是真的呢？究竟誰才是源頭，終究已經沒辦法考究了吧？」朋友問。

「這如果寫成一個劇本好像很酷耶。只有他發現這個祕密，他開啟了探索答案的旅程，結果發現背後原來是政府的陰謀。」C說。

「變成動作片？」

「對，裡面當然要出現羅曼蒂克的情節，一定要有女主角啊。」

「我推亞曼達賽佛瑞。」

「是那個眼睛很凸的女生嗎？金髮那個？」

「對呀，就你本人。」

「我是艾瑪史東好嗎？」

之後她便總是做這樣的夢。夢裡她和G分別站在馬路兩端，周遭有很多人來來去去，但是她一直有一種他們沒有臉的錯覺。那個紅燈異常地長，205、

204、203……她盯著秒數，心裡有些著急。G在對面看她，臉上掛著淺笑，朝她輕輕揮手……

在碰到G以前，C從來不覺得自己可以跟一個男人建立超越友誼的關係。在她心目中男人一直都是帶著不祥的物種，男人走過的地方，綻放的花朵都會枯萎。這是她從小到大所看過的成人故事所教導她的事。

她曾經目睹母親拿著菜刀追著父親跑，也多次見到母親戲劇性的眼淚。母親就像一個渴望愛情的青少女，疲於在男人的世界裡找到自己的位子。這導致C從小就比其他孩子獨立一些，她不倚賴母親，甚至反過來常常被母親依賴。

雖然很喜歡這個人，第一次聽到G說喜歡自己，她仍然驚嚇地逃走了。他們在一起是幾年之後，她發現自己無法自拔想親近G幽默與淡然的特質。在G面前她總覺得安心，面對這件事情她自己也感到驚訝。

要說G改變了她什麼，大概是整個人生。她根本沒想過自己可以結婚，她是那麼不擅長被愛的一個人，如今卻甚至渴望一個完整的家庭，並開始有了做母親的自信。

至此他們建立起平凡穩定的生活，早晚牽著狗到社區裡散步。這個社區以長者居多，看著年邁卻勤於運動的退休族、或是每天坐在長椅上話家常的主婦，他們規律的社交活動，總給C一種時間停滯的錯覺，或者說，這裡的一切都不被外界的時間感所牽動。

「好像在玩虛擬城市喔！」有一次她這樣自言自語地說。

「其實我們有一點點像是住在一個烏托邦裡。」G回應道。

205、204、203……

驚叫著醒來的時候，已經是下午三點了。床上除了她以外並沒有別人，G去哪裡了呢？她著急地起身奔出客廳，看到G正癱在沙發上打電動，一臉專注、嘴巴開開。昨晚他們吵了一架，「你真是個控制狂」，G這樣對著她吼道。她一怒之下跑去酒吧把自己灌醉了，回到家也沒洗澡就直接癱倒，不知道有沒有把G吵醒呢？

從前他們在交友圈裡以封閉聞名，最近卻開始頻繁出席酒攤。起先是受到新朋友邀約，進入五光十色的夜派對。在那裡每個人都像是要把自己盡情遺忘似的，在理智消失的邊緣遊戲。

他們也討論過為什麼最近會那麼頻繁出入酒吧這件事。

「我想我們需要知道一下大家都在幹嘛啦。」G下了這樣的結論。

前天晚上她在酒吧遇見的朋友裡，兩個痛哭失聲、一個睡倒在角落沙發、一個嘔吐、一個亂發脾氣、一個拉著每個人探討寂寞的底線。痛哭失聲的其中一個女孩拉著她直奔巷弄，話也沒說就吻了上來。「我是一個黑洞。」那個女孩這樣說。

她真搞不清楚自己為什麼會在這裡，面對這樣的處境。

沒有叫喚G，她決定先好好沖個冷水澡。

打開蓮蓬頭，水滴落在皮膚上，身體得到舒緩，有點想哭。

走出浴室，她頂著還在滴水的頭髮，窩到沉迷在遊戲裡的G旁邊，逕自玩起手機。在虛擬世界裡他們都很認真，一晃眼天就黑了。

平常夫妻倆一起做音樂。C擔當事務性職責，G則是主導創作。在外面，這對夫妻給人的初始形象總是和諧風趣的，他們都喜歡六〇年代，夢想能寫出像披頭四一樣屌的歌、過成天活在理想裡的嬉皮生活。喜歡輕鬆搞笑的電影、喜歡打電動。喜歡煮菜、喜歡狗。

只有跟他們一起工作過的人知道，這對夫妻吵起架來有夠凶猛。C是那樣容易緊張焦慮的一個人，在腦海裡早就思考過的進程，她都想要一手掌握。G不著邊際的腦袋成了她最大的敵人，這男人就像一朵小白雲在湛藍天邊飄泊，或者一陣輕輕柔柔的風，處處是讓人舒服的特質，反過來說也就有點太舒服了，彷彿他本身就是一場白日夢，是無法實體化的一種物質。

Ｃ欽羨Ｇ的才華，音樂之於他是那樣渾然天成，一舉手一投足都像隨時能幻化成音符。大概是因為這樣她更容易生氣，她怨嘆Ｇ根本不懂好好運用自己的才華，成天只知道做夢。

她好想消除這種無力改變的停滯感。

２０５、２０４、２０３……

凌晨一點。

他們到的時候，酒吧內外已經聚集了大量的人。音樂聲震耳欲聾，大家都吼叫一般地說話。有人合著拍子在跳舞，有人巴在吧台邊正拿著一盤 shot 要朋友加入。

Ｇ很快被幾個大男生拉著加入買醉的戰局。她陸續和幾個朋友打招呼，隨後瞥見那個前一天強行給了她一個吻，黑洞一般的女孩。

「嘿，你好嗎？」女孩穿越人群朝她走來，一邊喊道。

「很好啊，你勒？」她喊回去。

「還在宿醉。來！那邊有個空位，我幫你點酒。」女孩拉著她的手，朝裡頭擠去。她似乎忘記了昨天晚上發生的事，一派輕鬆的樣子。

一盤 shot 推了上來，令C感到害怕。她不喜歡這種被同儕簇擁的感覺。來到這個地方，她其實很希望能夠好好跟人對話，聊聊彼此近況也好。

今天的氣氛異常躁動，音樂太大聲了。她吼了半天說自己不太適合喝這麼烈的酒，但這些朋友才沒在接受拒絕的。算了管它的，麻煩死了。她想著，拿起 shot 杯，硬著頭皮把那辛辣的褐色液體灌了下去。一陣熱浪竄過食道，緊接著胃部感到燒灼。她立刻起了暈眩，眼睛有些對不到焦。

她酒量真的很差。

音響播放起節奏鏗鏘的電子金曲。歡呼聲四起，瞬間所有人跟著大鼓跳動。

女孩湊過來，和著音樂對她唱歌。她只看見嘴型，卻聽不到女孩的聲音。

然後她看見了波。

起先只是一個瞬間，女孩轉過身朝吧台領酒的側頸，像電視雜訊一般出現一道閃爍。她眨了眨眼睛，心想自己喝醉了，該停止了。她努力拉長頸子，想在人群裡找尋丈夫的影子，左顧右盼卻沒見著。滿滿的酒客上下跳躍，他們都在唱歌。

接著她看見，一道一道扭曲的波形啪嗒啪嗒地，在高舉擺動的手臂上、用力甩著的髮絲裡、咧嘴大笑的齒縫間，快速閃過。

波閃爍的頻率越來越快，也越來越大片。這些波就像裂痕般開始從起始點擴散，有些人的波已經快要把那人的本體吃掉了似的。

她轉過身，抓住身旁的女孩。

「你有看到嗎？」

「什麼？」

「那些人，他們變成訊號了。」

女孩先是一臉怪異地盯著她，然後大笑起來。「要不要喝點水？你喝太多了。」邊笑著邊這麼說道。

「不是，這不是喝醉。」她驚慌地搖頭。「好像發現一切都是假的那樣。這一切都只是想像，我大概看到了現實與虛幻的分界。啊？我是不是瘋了？」

女孩的笑容慢慢淡卻，「可能喔，你發現了驚人的祕密。」她說。語氣逐漸從俏皮轉為尖銳，「可是這樣有什麼關係嗎？那不也表示我們的痛苦煩惱都只是想像？那些規則、定義、我們的生活風景，微波爐、浴簾、按摩椅，愛情、婚姻、死亡，全部全部都只是一個概念而已。其實你沒有了他們也不會死去，沒有了這一切都不會死去。這樣想，你不就自由了嗎？想像的又怎麼樣？我們何必去區分真實跟虛幻呢？」

C看著女孩，她的眼睛變成了雜訊，耳朵、嘴巴、跟著說話韻律擺動的雙手和戲謔的酒窩，都變成一閃一閃的線流。「我去找一下G。」她對女孩說。她轉過身，看著也已經全部變成各種閃爍光點的人群，深吸一口氣，擠了進去，「不好意思！借我過一下。」一邊這樣大聲吼著。

那些光點、線條不斷發出吡吡吡的聲音。

吡吡吡。

驚覺嘴巴裡帶著淡淡鹹味，她才發現斗大的淚珠正不斷掉落。

然後她看見了G。

那個穿著萬年T-shirt、長運動襪、窄布鞋，一頭狂躁的自然捲向內蜷縮，像一頭獅子，像他自己最喜歡的李小龍的男子，正站在人群另一頭，對她微笑招手。

這一次，她奮力伸出了自己的手，用盡這輩子沒使過的力氣，朝G伸去。

那個在廣場上胡亂發想故事的晚上，他們兩個幾乎嗑掉一整包瓜子。

回到家，做完愛氣喘著倒在大床上的時候，C緊窩進G懷裡。

「如果有一天你發現我是你的想像，你會怎麼辦？」她問道。

「嗯……我也不知道。可能會選擇就這樣下去吧。」G這樣回答。

「就這樣下去的意思是，你會繼續活在你的想像裡嗎？」她很驚訝。

「對呀，想像的也沒關係，我很幸福，這樣就夠了。」G盯著天花板，很篤定地說。

那個時候她其實在心裡決定了，她要用自己的力量把他們的幸福化為真實。即使未來吵再多的架，內心始終帶著徬徨不安，她都會全心全意愛著這個男人，愛到他整個人都被填滿，滿到因為太重而無法再漂浮於虛幻為止。這是她與宿命、與所有她所看過所親身經歷過的寂寞與不幸所做的宣戰。

這是在我所認識的一對相當有趣的夫婦身上發生的故事。曾經有那麼一段時間常常在酒吧見到他們，但有一天他們再也沒有出現了。而我也離開了那樣的生活，建立起自己平靜的小國，寫起這本書。

Fake Plastic Trees

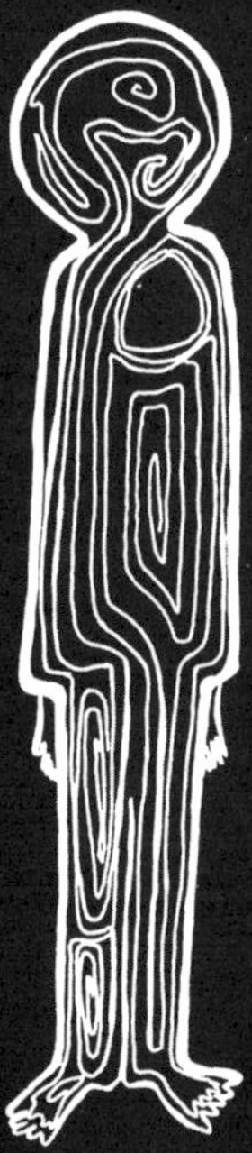

那天他從酒吧出來，豎起衣領，戴著耳機，在寒風中隨著節拍輕輕搖晃。他不覺得冷，他覺得自己的身體有一種為了穿衣好看而跟隨天氣變換體感溫度的技能。

「最近變胖了，要節制。」

嘴上這麼說，喝完酒肚子好餓，還是決定去吃宵夜。

仰起頭走路的時候，眉毛微微上揚起來。剛剛不小心點了好幾道菜，最後竟然統統吃完。

不是很好吃，有點生氣。今天攝取的脂肪，太多餘。

剛剛接到喝醉的友人來電，要他去ＫＴＶ會合。他其實有點不想去，可是今天其中一個朋友生日，不到場一下好像說不過去。他心裡有些煩躁，嘆口氣，上了計程車。

包廂裡的燈全部關上，徒留電視螢幕閃著白光。音樂聲很大，大夥兒都已經喝醉，大聲講話，也沒在管唱歌的人。他找個位子坐下，第一件事是倒酒來喝。朋友湊過來在耳邊講了幾句話，講什麼他忘了。是在那個時候吧？坐在包廂角落，點歌台旁邊，那個男孩朝他望著。

男孩的皮膚異常白皙，削短的頭髮染成金色，瞇著眼睛，微微一笑。頭架在手掌上、手讓膝蓋撐著。那張臉說不上特別突出，倒是側臉骨線條俐落。有一種平淡，或者該說近乎漠然的神情覆蓋其上。那一蓋上去像把他整個五官都蓋住似的，好似上了一層霧P。

簡單說，那是一張無法辨識的臉。

並沒有人特別跟男孩講話，男孩只是偶爾聽見別人的耳語，笑個兩下。來這邊之前，他自己其實也是有些茫了，密室室內昏暗吵雜，搞得他頭暈目眩的。朋友把麥克風遞給他，他推開了。再遞上來，他假裝有開口，然後關上麥克風，朝大腿旁邊放下。一個小時後，他藉口去買包菸，離開包廂。

上了樓梯才注意到，那個臉糊成一片的男孩正跟在他後方。從ＫＴＶ擦得油亮的大理石牆上，他看見反射進眼簾的男孩，那雙眼睛直直盯著他瞧。

「Hi，你是他們誰的朋友呢？」他轉頭問，故作大方。一邊爬上樓梯。

男孩瞇著眼睛笑了。

「不是那麼重要。」男孩說，「你要去哪裡？」

「啊？我只是出來透透氣，等等就回去了。」

真是個怪人。

「我也是。」男孩說，笑容一直保持著。

走出KTV，一股冷風瞬間灌進解開的大衣裡，他打了個哆嗦。

「嗚！好冷喔。」男孩叫了出來。

他這時才看清男孩的身形，纖瘦嬌小。他自己也是白的人，可這男的皮膚白到近乎透明，白到有些不合理，看上去非常羸弱。

「你沒穿外套？」他問。

「我匆匆跟上你，忘記了。」男孩答。

「跟上我？怎麼了嗎？」他有些緊張了。

「你為什麼都不唱歌呢？」男孩問。

「我不喜歡唱歌。」

「不喜歡嗎？可是我想聽你唱。」

這傢伙到底哪根蔥啊？

「等等，我根本不認識你吧？」他說。

「你其實認識喔。」男孩笑答。

「是嗎？我們在哪裡見過？我不記得你的名字。」

「沒關係，你不想唱歌，那我唱給你聽。」

男孩邊說著邊唱起來。

She looks like the real thing
She tastes like the real thing
My fake plastic love
But I can't help the feeling
I could blow through the ceiling
If I just turn and run

這是什麼旋律？好熟悉。

男孩邊唱著邊轉起圈來，緩緩地轉，衣服在風裡輕飄起來，露出他瘦到只剩骨頭的側腹。

是在這個時候吧？他自己也非常驚訝，就好像什麼東西重重往心臟的幫浦一壓，溫熱的淚水瞬間湧了出來，再也無法停止。

「啊。」

睜開眼睛那一刻，一道光點穿刺而入，他一陣暈眩。差不多花了五秒左右，瞇著眼縫總算適應現在的光線。那光點是從百葉窗縫隙闖進來的。

他緩緩把眼睛睜大，環顧四周。

百葉窗是白色，順著光譜反射出灰黑相間的間層。那扇窗不算大，但是縫隙間隱隱透入對面大樓的牆身。水泥牆上烙印著金黃色的幾何，今天天氣似乎很好的樣子。

眼前是一間小小的長型套房。木頭地板、木頭書桌。牆上貼了一張「Singles」的海報，留著長髮的麥特狄倫對他微笑。書桌上擺著一隻瓷土做的泰迪熊。一架小書櫃，擺滿雜誌。電腦喇叭擺在地上，幾片ＤＶＤ有些散亂堆疊在一旁。

感覺有什麼東西從腦勺旁邊踩過，他隱忍著頭痛緩緩移動，好不容易轉過頭來。那是一隻虎斑貓，臉呆呆的、有些鬥雞眼。貓朝他鼻頭聞兩下後、瞇著眼走向他小腿的方向，來到一抹白皙的背後，輕輕磨蹭。背的主人裸著身子，深邃的股溝陷入米灰色床單，脊椎骨像要刺穿皮膚那樣，突起完整的形狀。從頸椎往上延伸，是一頭金黃色的短髮，剛睡起來，有些零亂。左手擺在右邊肩膀上，手指修長……

等等，什麼？

「喔。那是一個裸男。」

他想。

「而且你現在躺在這裡，也是裸體喔。」

他開始有點搞懂現在的狀況了。此刻他躺在一張陌生的床上，看著眼前從沒見過的景色。在他腳邊，坐著一個與他同性別、裸體、叫不出名字的人。

OK。

以年紀來說，他確實應該是要被稱作一個男人了，可那兩顆黑溜溜圓滾滾的瞳孔，卻總是照映著天真的光輝。當然他自喻為一個社會化的人，公關的事情總是處理得宜，家庭背景的訓練讓他很早就知道所謂「大人」是以什麼樣的邏輯在建立互助互利的關係。即便如此，在朋友面前，他開心的時候跳舞大笑，不開心的時候便嘟著一張臉，有時候甚至特別想向某人、某幾個人或者這整個沾滿胭脂味的世界宣示：「我現在就要當一個討人厭的人。」

身材高挑，大大的眼睛上方掛著一對相當戲劇化的眉毛，又粗又濃，時而上揚時而低垂。這對眉毛導致他每一個臉部表情都顯得更戲劇化了些。當然，那眉毛掛在他臉上是好看的。什麼東西放在他身上都是好看的，這應該算是他渾然天成的能力。

關於衣著，他有一套自己的堅持。花少錢買一堆不必要的東西，不如好好花一筆在質材好、剪裁也好的衣服上。好衣服穿得久，是一種投資。他挑選衣服最注重剪裁，領口怎麼車、袖口怎麼收，多一分少一分都是錯的。不能有多餘的東西！所有醜設計都來自於多餘。

每個初認識的對象都在漸漸熟悉之後忍不住問他：「你到底是不是gay？」，倒也是習慣了。他真的不是，但萬一哪天有這個機會真的跟男人做愛，其實好像也不是不行。

「我不覺得有人真的可以完全了解自己的性向啦。」

總是這麼回答。

他並沒有不承認自己一直都是一個矛盾的人。

在學著使壞的年紀，總會碰上幾樣東西燃起超越叛逆之心的、所謂真正的熱情。他是屬於喜歡上一樣東西，就會產生求知強迫症的人。高中時候，每天放學就去泡唱片行、泡書店，除了買經典搖滾樂的ＣＤ，還閱讀大量搖滾史相關的書籍。懂得越多、他覺得自己離音樂越近。

成為寫歌表演的人，他路走得並不艱辛，聊到這件事情，他常常說自己僥倖，可是你問他那是不是要再努力一點？他又覺得，自己其實就是有點想把這個想法擺在那裡。

在舞台上，他喜歡閉著眼睛唱歌。聲音低沉的時候微微偏冷，高昂起來又帶著些許天真。那聲線是華麗的，事實上他整個人都是華麗的，像一隻披了藍羽毛的鵲、嘴巴是鮮豔的黃色。那華麗的姿態讓女孩都陶醉了，女孩在舞台下投射著滿載欽羨的眼神，閃閃發光、偶爾垂掛幾滴眼淚。

可是，他常常搞不清楚自己到底喜不喜歡表演，喜不喜歡寫歌。有時候，他覺得他跟這個世界沒什麼好說了，那種時候，他就拖延著不讓創作真的發生。

想說的話，可能都跟這個世界沒什麼關聯吧。

當然這些事情不太能算煩惱，只有喝醉的時候會特別去想。

除了音樂，另一樣讓他深深著迷的，是酒精。他熟知台北各大酒吧的前前後後，也喜歡研究各種調酒。你問他什麼酒什麼味道，他一定尋找最恰當的詞彙來形容給你聽。當然喜歡了解，也喜歡喝。他熱愛酒吧，他是住在酒吧裡的孩子。

每天都在喝，自然也就經歷過各種荒謬的事情。其實可能每次醒來都需要花點時間才能搞清楚自己在哪裡，這很正常，沒什麼。

「要喝咖啡嗎？」

回過神來，他看見男孩依然笑盈盈的臉，正在對他說話。

將錯就錯吧。

「好。」他聽見自己說。

男孩起身走開，過一會兒又折回來，丟給他一件內褲。

他把內褲伸進被窩裡穿上。

男孩將咖啡端上窗戶旁邊的小桌子，那裡擺了兩張椅子。男孩坐上其中一張，伸伸下巴，示意要他也坐下。

他起身走向窗邊，與男孩面對面坐了下來。

靜靜啜飲了一口咖啡，熱熱的液體流進胃裡，身體瞬間起了雞皮疙瘩。

「你記得昨天嗎？」男孩問。

「說實話，不記得了。」

「我們昨天去了很多地方。」

「喔？」

「我們去了冰島。」

「蛤?」

「還有莫斯科。」

「我們去幹嘛?」

「你說想去啊,我們就去了。你怎麼都喜歡一些很冷的地方啊。」

「我好像比較喜歡冷耶,太怕熱了。」

「你不好奇我們是怎麼去的嗎?」男孩問到這,雙眼又瞇了起來,笑得意味深長。

「你說說看?」他想,反正都到這個節骨眼了,誰怕誰。

「你說你不想待在這裡,你想去很遠的地方。」

男孩邊說邊趴到地上,繞過餐桌,往他爬過來。

有那麼一瞬間,他想像自己從椅子上跳起來,奪門而出。可是他只是坐在那裡。

他呆住了。自己的人生走到這一步，其實一直就像順著浪潮上岸又離岸，而此刻，彷彿從不知道岸的樣貌一般，他開始重新思索以往所認知的一切，會不會都只是虛無的假象？

「你說，你覺得這一切都太累人了。你不知道自己在這裡幹什麼。」男孩繼續說著，一邊朝他雙腿間爬行。

「明天又要到哪裡去好呢？要是可以，你真想消失在這個世界上。」男孩纖細的手捧著他手上的杯子，放到桌邊。

「我就說那走吧，我們離開這裡，你想去哪裡我們就去。」他看見男孩緩緩褪去的內褲裡，出現了一個他不認識的自己。好赤裸、好脆弱。

「然後我們就去了，所有你想去的地方。」男孩持續說著，聲音卻逐漸變得含糊不清。把眼睛閉上吧，眼睛閉上就是另一個宇宙。如果那裡一片黑暗，就讓它吞噬吧。

「你去到那邊就笑了，笑得好開心。那個時候，你開始唱歌。」

「啊？」

「當你終於願意唱歌的那一刻，我活下來了。為此，我真的很感謝你。不過現在，你得趕快再唱歌給我聽才行。」

他張開眼睛，看著眼前的男孩。

「唱歌給我聽，不然我就要走了。」

他看見男孩原本已經顯得模糊不清的臉四周，開始泛起白色的光暈。那圈光暈一開始還有些透明，然後漸漸地，它變得越來越濃郁、越來越刺眼。他發現，男孩的肩膀、脖子，乃至於手臂周圍，都開始陷入光暈裡。在很短的時間內，男孩整個人的輪廓都開始擴散，像要蒸發一樣，變成一團令人睜不開眼睛的光圈。

「不要擔心。唱了就沒事了。」那團光圈說。

他這才發現，自己其實一直都在夢中沒有醒來過。究竟什麼時候是醒著的呢？

他有點迷糊了。不過既然都是夢，就唱也沒關係吧？

於是他張開嘴巴，嘗試震動他的聲帶。

But I can’t help the feeling
I could blow through the ceiling
If I just turn and run
And it wears me out
It wears me out
It wears me out
It wears me out

And if I could be who you wanted
If I could be who you wanted
All the time
All the time

他開始唱歌。

永遠的乘客

從小到大一直覺得自己好像有偵測距離方面的障礙，在自己熟悉的家裡走路都會時不時撞到桌椅，手腳瘀青東一塊西一塊。開車這件事情，對我來說是無法想像的。汽車前端那麼長，到底要怎麼判斷跟前一台車之間的距離？光想到就覺得不可能、做不到。

事情是發生在幾年前一個週末夜晚，我跟H、以及一個導演朋友相約在酒吧閒聊，H開車去，他原先想要馬休息久一點再上路，要馬停著明天再來牽，結果他倆聊得太開心，喝完這攤竟決定跳bar。那陣子我在養身，不太能喝酒，當天點的是無酒精飲料。H說不然你來開好了，我還開玩笑說好啊好啊。

十分鐘之後，我坐在駕駛座，一邊尖叫著「你們瘋了！全都瘋了！」一邊就這樣踩油門上了羅斯福路。

當然那不是我第一次開車，早先才跟他們分享自己高中時候的故事。那陣子交了一個比自己年長很多歲、已經出社會的男朋友。這個男生很喜歡車子，他精心改裝、打蠟，車子裡總是散發著香氛精跟皮座椅混合的氣息，而且車內禁止吃東西，非常乾淨。他教過我開車，但那次經驗很可怕，他的方向盤比一般房車小，據說是某種類型的賽車在使用（完全搞不清楚），而且很鬆，好像稍微轉一下就可以九十度甩尾似的。我嚇得半死，唯一學會的只有油門跟剎車在哪邊而已。

現在回想起來，那天的羅斯福路之旅，真是年少輕狂的我們做過最不負責任的事情之一。那是十二點多，車子是少了些，但那麼大一條路、還有公車專用道，我就這樣開上去，左轉右轉，開到距離十幾分鐘遠的另一間酒吧。

好在我開得挺好。

H的車是時代有點久遠的Audi，車況保持良好，油門踩下去，不鬆不緊、相當順暢，煞車也不會太敏感，最棒的是方向盤握起來相當厚實，觸感不特別粗糙、也不算光滑，如果用人的性格來比喻，應該算是溫順敦厚的類型，令人安心。

成功抵達的那一刻，他倆在車上拍手歡呼，像兩個青少年。

H成了我的駕駛教練。

我們特地約在內湖河堤。天空從紫粉漸層漸漸失去光亮。在堤邊，因為比較沒有光害而能看見幾顆特別明亮的星星呼呼閃爍。

「你看我連寶貝車都給你這樣開了，我對你真的很好！」他抱怨著，心情卻顯得特別好。

等我漸漸習慣了油門與煞車的緊度，身體開始鬆弛、不再緊張兮兮而能開口聊天。我們聊過往的戀情、現在的工作與生活狀態、相處的過去。有時候也陷入冗長的靜默，但並不在意，那樣很舒服。

兩三個小時過去，我們開上正規道路，穩穩地繞了幾圈。我膽子越來越大，越開越快。

「不想把車還你了喔。」我說。

「好啊，賣你一百萬。」

「太貴了！」

「不過我們是不是應該要回去試一下停車。」

「我覺得可能沒辦法。」

手裡握著方向盤，彷彿可以這麼行駛下去。我不打算停下來，他也沒準備制止。

在人生其中一段交叉路口，我曾經因為這個朋友，差一點成為會開車的人。

三十歲以前的H，在我眼裡是那樣的無所畏懼，我想是因為很多事情他都表現得不在乎，不在乎別人對他的看法、也不在乎自己的想法有沒有被認可。他總是一副屌兒啷噹的模樣，開心就大笑、不開心就臭著一張臉，玩起來瘋瘋癲癲地，找不到廁所還可以直接在路邊草叢尿尿。坐他的車常要擔心這傢伙跟人起衝突，超車兇、搶車位也兇，遇到不好好開車或惡意逼車的人，車窗搖下來就破口大罵，我好幾次都在想著要是對方拿球棒衝下來該怎麼辦。

他常常說自己是一個冷漠的人，而且本質上很自私。可是這傢伙有一個罩門，就是老人。

有一次，他在高速公路上遇到一台開很慢的小房車堵在前面，一個沒耐性連按了好幾聲喇叭。超過去的時候本來想搖下我那邊的窗戶罵人，結果一看，是一個奶奶一臉很緊張的樣子。

結果那一整天，他都在自責裡度過。

H算是一個非常標準的T，除了生理構造是女生，行為與思考方式基本上就是個臭直男。原先我是有點害怕這個人的，對於自己沒有熱情的事，他總是表現地非常明顯。他聽大量電子樂，喜歡一些冷調的高科技舞曲（techno），對我在寫的這種歌，猜想應該是不太有興趣，「只是因為工作不得不綁在一起」，我想他一開始應該是這樣的態度吧。

我們每天開他的車去跑通告，在車上聽著最近店裡新進的歐美片，有時候認真討論行銷該怎麼做好幫助銷量，有時候只是閒聊音樂內容。

那陣子特別流行八〇感的舞曲，俗氣與妖媚綜合。我很喜歡，但他吃不下去，每次想放他就叨唸。

「你的音樂品味真的很有問題。」

如今回頭看，那階段的表演其實相當生嫩，講話很容易繞彎，對觀眾到底想聽什麼話真是猜不透。唱歌的技巧也不像今天那麼操控自如，有時候還會微微發抖。

H算是見識了我的各種演出狀態，每次表演完，一邊開回家、一邊檢討今天的種種。

「你剛剛是不是很緊張？」

「你太害羞了啦！都沒有放電的感覺。talking的時候應該大方一點，眼睛要笑咪咪盯著觀眾看啊。」

「我覺得你現在最缺乏的就是女人味。」

大概像這樣，我基本上體無完膚。

有一回，跟一群朋友一起買了 Stone Roses 在香港紅勘體育場的演唱會門票，他也去了。

回程在香港機場的免稅商品區，我們漫無目的閒逛著，我拿起五顏六色的香水，一瓶一瓶試聞。

「幹嘛？突然看起香水來。」

「你不是說我缺少女人味嗎？想說也許可以從這裡下手。」

他笑了，也跟著一起認真挑選起來。我拿起一個金屬色澤的瓶子，設計簡單俐落，看起來像男香。聞了聞，味道算挺中性，不會太成熟、也不會太嬌媚。我們都滿喜歡那個味道，但看了一下價錢，完全超出預算之外。我聳聳肩，把它放回去。

一個禮拜後，有一天他載我回家，從後座拿出一個精緻的紙袋，要我打開。裡面裝的是那瓶香水。

「噴了這個，以後表演的時候可以有自信一點。」他說這話的時候，有些靦腆。我開心地打開來噴了，整個車子裡溢滿一股飄忽的香氣。飄忽。是我繼母體遺傳下來的乳香與香菸的暈染之後，第三個擁有的味道。

「你為什麼都不講自己的事？」

「因為我比較喜歡聽。」

「我想知道你的事，跟我說一件你的事。」

曾經有過這樣一段對話，在兩人品著小酒閒話家常的深夜。他像一個天真的小男孩，一雙瞇瞇眼緊盯著我看，那時候，我的眼神大概也挺飄忽。

當天晚上，他在我旁邊翻來覆去無法入睡，我背對著他，睜著眼睛感覺後方的騷動。

「可以抱你嗎？沒有要幹嘛，就抱一下。」他忽然問。

「好啊。」我回答。

那天之後的種種，例如一個突如其來的吻、一些喝完酒之後吐出的真言，我都用一種很飄忽的方式，輕輕帶過了。

從香港回國不久，H的爺爺忽然倒下了。那陣子他很憂傷，我從沒看他那麼憂傷。

他常常跟我談心，述說那些難以消受的悲憤。長輩們在老人家病榻邊為誰比較孝順、應該獲得比較多財產之類的話題爭論不休的場景，是那樣可悲地俗氣。患有失智症的奶奶一個人待在家裡，一定非常困惑不安。

我總是靜靜聽著。對我來說，很多事情自己能做的就只是傾聽而已。

我沒有意識到他心裡累積的憤怒。

有一天半夜收到他傳來的訊息，那些文字很脆弱。他說他好累。他很尊敬爺爺，喜歡跟他聊天、喜歡聽他說故事。爺爺是外省一代，是剛硬的軍人。爺爺描述的過去距離他已經遙遠，但是很迷人。他喜歡過去、喜歡觀看時間的淬鍊，喜歡年老的淡然與哲學，可能還帶點古怪的脾氣。為什麼這些大人卻不懂呢？為什麼不能給已經逝去的人多一點平靜，而是在俗套裡張牙舞爪？他怪父親的懦弱、母親的庸俗，怪親戚的不體恤、怪這個世界。

我讀完，回了他「嗯嗯」兩個字。

如今回想起來，大概是從那時候開始，自己才認真體會到自己應該好好學習怎麼當一個朋友。

我的「嗯嗯」成為最後一根稻草，壓垮了他靈魂裡纖細的那一塊。他咒罵我的無情、冷血，咒罵我對於所有事情都一副不干己事的態度。

那時候我們大概都沒想到，有一天可以一起坐在他的車子裡，談論剛看完的電影、近期的感情生活、對未來的嚮往與恐懼。過去人事已非，我們各自分散去了不同的地方，他有了相愛的人，兩人一起租房子，感覺就像結婚。我逼他聽自己的新作品，他無顧忌地發表感想，有一些歌他覺得太煽情、受不了，我就打他的手臂說明明很讚。

瘋狂的生活已經遙遠，酒只能少量喝、夜也不太能熬。事實上他總是七早八早就想睡了，難得想約出來放縱一下，最後往往演變成坐下來安靜閒聊喝喝茶。

後來我們一起開車去了很多地方，去過海邊、去過山上，有時候我坐在副駕駛座、有時候坐在後方，有時候只是靜靜地發呆，他也不管我、逕自沉溺在音響播放出來的歌曲之中。

他曾經三番兩次地說，現在的我真變得強悍許多。我做出世人眼裡所謂「出櫃」宣言的時候，唯一一篇專訪是他寫的，文章開頭便提到：「這個行為是認識這傢伙至今，她做過最暴力的選擇。」我最痛苦、憤怒的樣子他都看過了，表演從生嫩到現在自在揮灑的模樣，他一直都還在驚訝著。

即便如此，他明白我一路走來始終如一的飄忽，以及勢必得經歷那番飄忽的荼毒，才能與我找到愛彼此的方式這個事實。

「你的個性就是這麼機八。」他總是這樣說。

後來我終究沒有去考駕照，被問為什麼便回答：

「因為當乘客比較爽。」

事實上，我想我無法真正掌控一台自己的車。除了往前行，倒車、停車一類的事情，實在有點太難辦到。曾經教過我開車的H，如今接受了我這個永遠的乘客。他現在不太會說自己冷漠了，以前的裝酷現在看來是有些愚蠢，他知道自己就是一個這麼感情用事的人。而我呢，我又該怎麼面對自己的飄忽？

關於這個問題，在那台車上，我們還有很多時間可以討論。

我的婊子好友

那天我們在家裡喝了不少甜酒，她少女的味蕾得到舒緩，僵硬的肢體似乎也藉著酒意緩緩融化開來，我和另一個朋友倒在床上，看著她在昏黃燈光底下，跨在我倆雙腿間，像個小瘋子一樣褪去身上一件衣服，留下細肩小背心，一邊唱歌、一邊胡亂舞動。

舞姿其實有些笨拙。

她咧開嘴，眼睛瞇成兩條細線，口氣堅定地令道。

「多想要大家都愛我，快來愛我。」

我們大笑成一團，直到她忽然衝去廁所，無聲地嘔吐。那一年，我二十二、她二十一，我想說我愛她，但事實上我們都還不太明白什麼叫做愛。

光影把教室外面走廊上的扶手斜割成兩半，一半是有些重量的灰黑色，一半在橘金底色上、壓了幾片搖晃樹葉的剪影。

鏡頭裡是我的眼睛，鏡頭外是她的視線。

我想我們同一時間，在感受我眼睛眨下的片刻，那是睫毛與風、細紋與髮絲、悲傷與日常。

日常，對女孩來說，大概是由這些細小組成：手觸摸馬可杯的姿態，是慢慢滑上杯緣、還是直率地整隻掌貼近。路人襯衫上的鈕釦、第三顆左邊有一點脫線。旁邊的客人在餐廳廣播進廣告的一刻，呼吸速度慢了零點八秒。

我想這就是為什麼，她選擇拍片這個志業。

那年，她還在電影系就讀，是父親的學生，我則是在演員與創作歌手身分間奔走的新人。那是一部規定使用底片拍攝的作業，這個全部都是女生的劇組，在一間少女味十足的文青咖啡廳、緊張兮兮地迎接我。那時候的她，留著短短學生頭，穿了個素色 T-shirt 配牛仔褲，完完全全、是一個菜鳥的樣子。

「你好，我是這部戲的導演。」瞇著眼睛、笑嘻嘻之中還保持著些許靦腆。

看起來像是那種在拍片現場會神經兮兮撐陽傘的女生。

我的角色，基本上是一個個性不太好的少女。缺乏父愛、對老師容易產生愛戀。好於壓抑情緒、常常在對話裡放空。鮮少笑容、鮮少話語。還在自己的徬徨裡掙扎，並且細膩地鑽牛角尖於所有無法滿足的、微小的片刻。

在拍攝過程中，她總是一再重複那細微到不可思議的調整，每一個動作的速度、字與字之間停頓的節奏，每一個眼神、抿嘴、聳肩、呼吸，好像都有非常精準的想像，而那些想像實在不容妥協。身為演員，這是一項有趣的挑戰，角色性格與相對行為並非用自己的邏輯去延伸，也不是蒐集了各種人格資料之後的混合，而是完完全全把自己變成完美複製品。

這部戲在那一屆的所有成品裡，獲得相當高的評價，那模糊、壓抑卻又深沉的情感，稚嫩卻渴望著成熟的影像，以那個年紀來說，令人驚豔。

她對於電影的執著之路就這麼開啟了，而我們也是在那個時候，成為了朋友。

與第一印象截然不同，私底下的她，是那種充滿狂妄之氣的女子。

每一次我們喝完酒之後的對話，都很容易變成在講一些遙遠而宏大的願景，例如說大家各自變強、弄一個新時代文藝復興之類，現在聽起來簡直幼稚到不可思議的大話。

多半時間她總是滔滔不絕地說著，對於電影的想望、同儕之間無聲的競爭。她也說自己的劇本，開頭有些虛無飄渺，結尾總是不定數。但她對於情感是多麼細緻地在刻畫，光是述說的過程，就能感覺角色的呼吸。

那時候我寫的歌大概也是這個樣子。不曾真正去描繪故事，但是包含在情感裡的那些冀盼與不安、靠近與疏離的速度感，像是手上抹了強力膠一樣，抓緊了就再也鬆不開。

在這點上我們的相像，大概是致使對話可以一直持續下去的原因。

隔年，她著手執行畢業製作，主角是一個搞不清楚自己要什麼的女孩，在好朋友與好朋友喜歡的男生間游移。個性依然有一點差，總是臭著一張臉，話也不好好講。這部作品充滿青澀的曖昧，些許瘋狂、些許壓抑。這是一部好電影，但她那些由細微情緒展現與有些不符一般人現實、像小說字句一樣的對白，終究是帶領她往普世認可背離的地方去了。這部戲並沒有獲得空前勝利，反倒是小眾式、捧在手心裡的喜愛。

同一時間，她談了一場相當慘烈的戀愛。對方無疑是個騙子，而她雖然性情不定，真愛到了倒是像要傾注整個下半生。而且，這女人是從不說謊的，自然不能理解由謊言編織而成的人生，究竟是要追求些什麼。

現在回想，那或許是她人生中第一次品嘗到輸的滋味，而且這一輸輸得徹徹底底，平常剛硬到不行的一個人，也是會在這種時候噴出幾滴斗大的淚。

我很驚訝在不算太長的時間裡，她緊接著籌拍第三支短片，這時候，她對牛角尖的執著變得更加狂熱，好似要藉著影像把所有缺憾都雕琢出來似的。

第三部作品我又去演了，這次的角色是一個一整天在心裡的筆記本上、男友該做事項欄裡打勾的女孩，可以說是非常難搞。那些事項並不是公主病的任性，而比較類似「無論如何你應該做到足夠了解我」的宣示。

我已經曉得這導演劇本裡每一個女主角，基本上都是她自己。拍攝過程中時不時在心底苦笑，有幾次甚至忍不住想問她。

「欸導演，這女的這樣理直氣壯下去真的好嗎？」

理直氣壯下去有什麼不好嗎？我想她並沒有思考過這個問題。

我們算是在一種說不太出口的尷尬之中漸漸斷了聯繫。

偶爾會被身邊的人問起：「你最近跟那個誰誰誰是不是比較少連絡？」

我也是笑笑，說大家各自忙著，不太有時間。

那時她談了一場嶄新的戀愛，類似一種穩固、樸實的夥伴關係，好像忽然間心思穩定了下來，要把自己人生的各種基礎都牢牢紮緊。她終日為掙錢奮鬥，接了許多廣告案子。偶爾我們抱怨彼此工作上遇到的困難，但我漸漸從雙棲狀態演變成專注於做好眼前的音樂，也不是不想演戲，但已經沒時間去享受遊走片場的刺激。她所關心的事於我的距離，是漸漸地遠了。

事實上，那段日子我的人格產生了重大的變異，忽然間失去了原先的平衡，無法滯留於眼前景致。我開始失去專注於每一個當下，急切地想完成各種近在眼前卻還未走到、大概都可以設想的進程，於是把兩三個約擺在同一天，並且在每一個約裡都想著下一個約要做的事。

以她的細膩程度，我想不是看不出來。

我們各自在人生裡跌撞，偶爾在看到對方某些波形較大的近況時丟上兩句訊息，但有什麼東西卡在那裡，像是訊號收發器突然間調不回頻率。

我正在逐步失控，朝一條無法挽回的道路前進。沒有向她提起，我消失了。

有一天，我正攤在家裡的沙發上工作，電話忽然響起，顯示她的名字。

「嘿，怎麼啦？」我接起來，語氣有些驚訝。

「欸，你在幹嘛？出來喝酒啦。」

「好啊，什麼時候？」

「現在！」

「蛤？你在哪？」

「我在台大這邊。你快來，現在。」

「好，等我。」

也不知道為什麼，聽到這樣命令式的語氣，我乖乖放下電腦，隨便套了件衣服、穿上夾腳拖，就這樣心甘情願直奔台大校門。

在我快到的時候，收到她的簡訊。

「買了酒，擺在校門外那條路上數過來第二張椅子，7-11的袋子裡。我去尿尿。」

我走到校門口，苦笑出來。到底是從外往裡數第二張，還是由裡往外？

總算看見一個真像遺留垃圾的塑膠袋，大剌剌擺在長凳上，裡面裝了幾罐啤酒。果然還是她的風格，是包裝浮誇精美的秋季限定版。

過不久她出現了，笑咪咪地，身上帶著些許酒氣。

「我已經醉了！」她宣告。

「好好好，我趕進度。」我說。

我們在校園裡找了個教室外的角落，磨石地板上還留著剛下過細雨的水漬。她從包包裡拿出一件長罩衫，直接鋪在地板上。那件罩衫是白色的。
我們開了酒，也不管蚊子左右縈繞，非常自然地閒聊起來。
好像是上禮拜才見過面那樣。
第一次想上廁所還特地走遠去到校園裡的公廁，第二次實在太懶了，我抓著她找了個旁邊種滿花草的陰暗小徑，自己先不顧一切地衝進草木後頭尿上一泡，出來以後，把她推進去自己在外面把風。
剛剛鑽進去的時候腳滑了一下，腳踝觸摸起來有些濕潤，一看是鮮紅的血。
她走出來，一張舒緩過後滿足的臉，我笑忘腳上的傷，兩人併肩走去追買酒精。
那個晚上，不可思議的浪漫。
「我其實是那種沒辦法輕易放棄掉一段關係的人。」後來她曾經這麼對我說。
現在的她，捨去質樸與剛硬，體態修長了、臉上的銳利也多了，顏色俐落剪裁卻浮誇的衣服、去了瀏海往側邊一分的褐色及肩短髮，濃淡適中的妝容、紅指甲、香水味，以及說話的時候，充滿自信在空中比劃的、纖細的雙手，她成為了不折不扣的女人，一個自然流露著菁英姿態、魅力無窮的女人。

第四部短片，是我看過她所有作品裡，脈絡最清晰的一支。

那是一對男女處在一個過往曾經充盈了幸福、如今變得潮濕又老舊的房子裡，一個梅雨季午後，面對別離之際，最後一次回顧過去，卻發現再怎麼都不可能重來的故事。

那個女主角想必也是她吧。

這支片，真拍得非常好（只可惜不是我演）。

我們聊她的電影，一起想怎麼可以剪得更好。她對細小與精緻的堅持從沒變過，實際上這也應證了她整個人生。這女人長到現在這麼大，各個面向都只是長得更加飽滿而已，既不為誰改變、也不為誰隱藏。她很清楚知道自己的個性，說穿了還是不願意妥協任何自己想要。

「根本不可能騙自己嘛！」

唯一不同的，大概是更擅長傾聽了，以前只是自顧自地說話，現在卻學會針對他人的煩惱給予一些不太溫柔、但可以知道有在努力的，溫柔的回應。

「嘖！你這女人說穿了就是一個小婊子嘛！」我常常這樣開她玩笑。

婊子這個詞在一般人的使用之中，是一個滿不好的字，它用來形容那些手段高明、玩弄他人情感的女性，可能是欲拒還迎、可能是善於使用撒嬌與脆弱。女性主義者們將這個詞彙的存在，解讀為父權體系下、對於女性情慾自覺的壓迫。傳統思慮的婦女，她們在茶餘飯後，在鄰居、同事、情敵身上使用這個詞彙。那或許是一種對於自己所處的人生狀態、求得安心的一種方式，也或許，只是為了打發過於氾濫的閒暇。

但怎麼說呢，我們在彼此身上使用婊子這個字，絕對是一種對對方的稱讚。

那麼清楚自己對於情感投射的劇烈與游移，以及這樣不容易滿足的心理特色所代表的意義，並且直率表現出來的人，其實相對的，也都是最強悍的人。

「我還是很相信愛的。縱使有很多醜陋的理由都能成就愛，但如果我賭到最真誠的，我就是沒白活。不認真愛的人才是蠢蛋。我覺得我的人生，說到底還是追求一種永恆，任何地方都是。」

有一天她對我說了這樣的話。

這就是我與我的婊子好友，一段有些平淡的故事。如果要說這人在我心目中是一個什麼樣的角色，大概可以算是學習愛的夥伴吧。

改天找我演一個角色啦，我想我們可以共創新奇蹟。

怪獸與牠們的產地

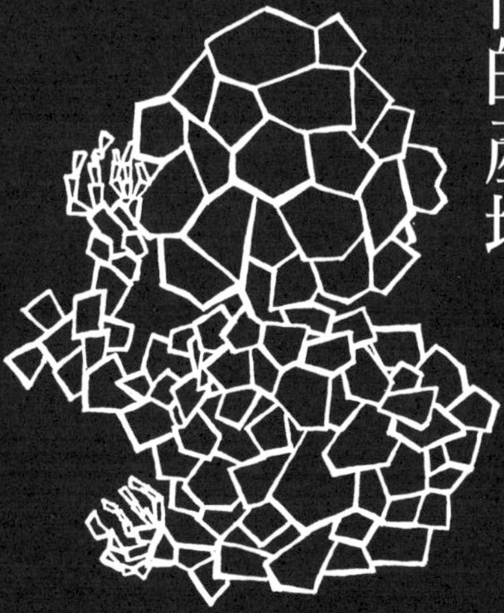

上了車，他像往常一樣放上最近喜歡的音樂，我問這是誰，他說了團名，然後反常地陷入一陣沉默。

「怎麼了？這麼安靜。」

「沒事，就不想講話。」

我心情其實也不太好，便不再追問，逕自陷入自己的思緒中。車內瀰漫著一股低氣壓，坐在後座的女孩有些受不了，開頭問了幾句關於當下正在播放的一首歌，一些實在無關緊要的問題。

他簡單回答，我不太專心地聽。

然後話題結束，一行人陷於更壓迫的寂靜。

「你不覺得人的情感其實很麻煩嗎？」他忽然開口。

「怎麼說？」我問。

「我想成為沒有情感的人。」他說。

後座的女孩放棄最後努力，也進去自己的黯然傷神。

那是我第一次與他那音樂以外的世界短暫接觸，也是唯一一次我們相處的時候，超過十分鐘沒有對話。

平常，這傢伙基本上是一個吵到不行的人。

不管到哪裡、在做什麼，只要有空閒（甚至其實沒有空閒），他一定會打開手機找自己最近覺得很屌的音樂，逼身邊的人聽聽看。

「你聽這個 bass，下在一個反拍，嘟嘟 嘟嘟嘟嘟嘟嘟 嘟，真的很爽耶。」

「這個節奏、這個過門，超級老派，你聽你聽，咚咚 咚咚咚咚，很爽耶。」

「你聽這個音色，麻麻的一大片，ㄙㄨㄚ～～～幹，很爽耶。」

大概就是這樣，充滿熱情的中二著。

第一次見到他，是在公館百老匯戲院底下的 Live House 裡，一間小小的唱片行。我是那裡的店員，而他則在那間 Live House 擔任票口。

他走進來，頂著一頭蓬亂的頭髮，毛毛躁躁、無章法地朝一邊飛揚。那種亂度我真是看不懂，但穿著打扮又顯示出其實是個愛漂亮的人，莫非這是一種時尚？

他問我正在放什麼音樂，給他看封面，聊上兩句，他忽然說：

「欸，我都推薦來這邊看表演的人去買你的專輯。」

「真的喔，謝謝你。」

然後他就走出去了。

那時候，我根本連他叫什麼名字都還搞不清楚。

實在是一個有夠怪的人。

熟識了以後，這人在我心中的怪不減反增。

例如說，他有一顆小小的頭，細細的眼睛擺在白皙的臉上，跟尖尖的鼻子和薄薄的嘴，一起構成一張細緻的臉，但是那樣的細緻，被永遠掛在鼻梁上的無框眼鏡掩蓋了一半，時不時戴上的大口罩又遮住另一半。

當你拿起相機對著他，他要不立刻做出大反應閃鏡頭，要不用手遮住一半的臉。工作上有拍照需求的時候，這件事變得特別惱人，要他面對鏡頭像要他的命似的，我真沒見過有人像他這麼愛遮遮掩掩的。

而這樣彆扭的傢伙，卻又是一個特別愛現的鼓手。

一般人打鼓運用的是手指與手腕，鼓棒半懸空握著讓無名指扣住。但他的打法不是這樣，整支鼓棒是握實的，打的時候是整隻前臂在動作，所以姿勢變得很大，在舞台燈底下，常隨著節奏開出一朵朵華麗的殘影花。

問他為什麼這樣打，他說：

「因為這樣比較帥。」

有一回，在野台開唱一座架在山上的舞台，我去看他演出。天氣非常熱，舞台上方沒有遮蔽，陽光直直射在樂手身上。

他一如往常穿了一身全黑，並套上一件厚連帽外套，帽子戴起來蓋住整個頭顱，臉也陷在帽簷陰影之中。當大家都汗濕一身，恨不得乾脆脫光來個天體營的時候，他細瘦的身影掩蓋在一套近乎冬裝的衣著底下，顯得非常違和。

「你是有多愛漂亮，穿這麼多打鼓不會熱嗎？」演出結束後我問他。

「帥啊。」他這樣回答。

這是一種追求美感的極致嗎？我不禁在心裡佩服。

又例如說，這傢伙常常一時聽不見別人講話，要你把剛剛說過的話再整個重複一遍。閒話家常就算了，工作的時候，這件事情真的很容易讓人一股火上來。

「我覺得這首歌也許不用那麼多過門，或者你試試看用 hihat 做一些碎的聲音？最後面那一段好像可以再起來一點，開個鈸試試看？」

「蛤？」

「……」

「這兩個段落現在接在一起有一點亂亂的，節奏可能不能變化得那麼突兀，或者是你大鼓不動改成小鼓點或是鈸點變多？這樣就會同時達到穩定與變化的效果。」

「蛤？」

「……」

大概就是類似這樣，讓處在認真對話狀態的對方，一瞬間變得疲軟無力。

說到鼓手這個角色，他其實是掌握了整首歌的「時間」。音樂的時間感並非只取決於你給一首歌定了怎樣的速度，有時候在一首很慢的歌裡面，因為節奏切得很碎很碎，整體聽起來得以給人不斷前進的感覺，而一首原始速度定很快的歌，也可能因為下節奏的點與點之間間距拉大而展現出從容不迫的面貌。

身為音樂裡時間之船的掌舵人，這傢伙在日常生活裡的時間觀，可以說是完全沒有。

與他相約的技巧是：1再三提醒他某件事情遲到的嚴重性；2即便如此，告訴他的約定時間還是要比真正時間早至少一個小時。

在我們的合作過程中，常常發生的事情是：要他早一個小時到、結果他比原先時間再晚了半個小時，到了以後先跟大家打鬧聊天一番，慢條斯理地再裝東西裝半個小時，裝好以後忽然在擴大介面上接上手機，放一首最近聽到覺得很值得參考的歌，於是大家又被他拉著討論了半個小時。

當然他的怪也是有一些特別好的地方，像是對於研究聲音的執著，確實為他開創出一條獨特的道路。我沒碰過一個鼓手像他那樣，對於所有聲音的組成近乎偏執地細心，一套鼓擺在那裡，他在這片鈸上掛幾串東西、那顆鼓上擺幾塊廢布，連布料都精心挑選，然後很神奇的，聲音的可能性就延展開來了，鼓不再是單純的節奏樂器，它其實也可以唱歌。

我很確信，這傢伙是我所認識的音樂人裡面，數一數二愛著音樂的。

認識那麼久，關於此人的人生樣貌，曾經走過什麼樣的風景、達成過什麼樣的事蹟，我多半都是從別人的話語裡收納拼湊。他常常開玩笑說自己活在邊緣，在我寫這篇文章之前，他大概吵了兩百遍「拜託給邊緣人多一點篇幅」，但其實不知道為什麼，去到不同地方跟不同的人講話，這人總會出現在大家的話題之中。

真要說的話，他根本不是什麼邊緣人，而是一抹陰魂吧。

我還記得那天傍晚，跟朋友一起去拜訪一位音樂圈的長輩。這個長輩當前為某音樂廠牌CEO，閱人無數、好聊八卦。這次拜訪主要目的為洽談合作，但正事很快聊完，飲料還有一半，也就東南西北閒扯起來。

我們聊產業、聊創作、聊某間公司某某員工的做事態度，接著聊到誰跟誰吵架、誰欠誰多少錢、誰要把誰的公司買下來。對這種話題我總是興趣缺缺，一邊點頭，一邊其實已經放空飄去了別的地方。

不知何時，長輩跟朋友聊到關於業界樂手的八卦上，聽見幾個熟悉的名字，神拉回來了一些，然後便聽見他們在談論我的這位鼓手朋友。

「其實他技巧滿好、創意也夠，不過對click（拍子）有待加強。」

「會嗎？我覺得他穩定性滿好的呀？」

「以當樂手來說的話還要再多練練，但當然他對聲音的掌握度是很好的，非常有想法。他一邊耳朵聽不到不是嗎？……」

嘎？他的耳朵？

「他能夠克服身體上的缺陷，做到今天這樣，我是滿讚賞的⋯⋯」

也是很後來我才聽說，他一直在與一種免疫系統疾病共存。患者皮膚不得接受紫外線的刺激，病源無法根治、是永久性的。人們說夏天就是要去海邊，冬天最美好的是有陽光的日子，可是對他來說，午夜的空氣才是鬆弛劑，晦暗的陰影才是永遠的庇護。

每一個炙熱的天都是一場賭局的人生，究竟是一種什麼樣的滋味？我常常想像、而我其實不能。

「我想成為沒有情感的人。」

那天在車上從他口裡迸出的這句話，一直到今天仍時不時在我腦海裡重播。我猶記得沿路霓虹一道道閃過，宛如時間、宛如命運。音響播放著一首緩慢而安靜的歌，沒有炫麗的音色、時髦的節奏、性感的 bass。

Well I heard you were
You were a lion
About how brave you are
Well I heard you were
You were still trying
Trying to get back to the start

男人與女人對話，接著他們齊聲一起唱。

And we won’t let it into the kitchen
No we won’t let it into the house
No we won’t let it through the front door
‘Cause its burning our pretty little heart
But my heart beats slow
But my heart beats slow

事實上，這傢伙是一個永遠閒不下來的人。

迄今他跟過多少個不同種類的樂團走上一段，是真的有點難細數了。他的經驗累積，從小編制到大規模、輕民謠到重金屬，有時候很芭樂、有時候很實驗。

他的遊走，是對音樂世界貪婪地追尋，來得熱切、走得突然，像一陣風。

很多時候我會想，或許他早已經習慣在心底判定一切，笑笑鬧鬧、耍嘴皮子，不知道是花了多少時間的精心妝點。

「我懂，人有情感就會寂寞。」我說。

只是寂寞這堵牆啊，是必須要自己去鑿穿的呀！

二〇一七年初，從紐約放大假回來以後的某個夜晚，我招集了他和另外一位樂手朋友，三個人窩在家裡針對之後演出要做的新編曲做前製。他倆帶著自己的器材和電腦，聊著一些很宅的話題，然後他忽然想到一首值得參考的歌，又興高采烈地放出來給大家聽。

一邊聽著，我一邊不小心笑了出來。

他最近過得似乎挺開心，交了新女朋友，小倆口過著幸福同居生活，平常各自忙碌、回家就癱在一起打打電動。

他想必也是常常放上一首時髦的歌，逼女朋友聽他講述編曲內容哪裡哪裡有夠high、哪裡哪裡超級帥吧。

今晚的會議，他如往常一般，遲到超過半個小時，而我家離他家也不過兩分鐘距離。他穿著一身全黑出現在我家玄關，嬉皮笑臉，非常欠揍。

但我那整個晚上心情都相當好。

在寫這篇文的時候，剛好我們也正在約接下來的團練行程，這傢伙做人假鬼假怪，在大家都倚賴著社群網站的當今，堅持只用手機簡訊與外界聯繫。我邊打字邊碎唸，正事講完，忍不住跟他抱怨起來。

「欸你真的好難寫（但其實每個人都很難寫）。我要透露你的隱私喔哇哈哈哈哈。」

「哪種隱私？應該是我沒差的那種吧？」

「我也不知道耶。」

「我是沒差啦，版面比較重要。」

「因為你本身已經夠怪了，我決定用寫實手法來書寫這篇。」

「欸我算在平均值裡的怪吧？其他人都很奇幻嗎？」

「對呀，有些故事完全是虛構的。」

「那你書名要叫什麼？」

「叫《怪獸與牠們的產地》好了。夠靠腰。」

「真的，我剛剛愣了一下，想說自己的產地在哪裡。」

然後他傳了他的身分證影本給我，上面寫著產地基隆。

但我很想跟他說，你的產地應該是一座充滿神奇礦石的地方，那裡的生物都是由晶亮的結晶體組成，剛硬不摧，並且再怎麼遮掩、還是會不小心漏光。

然後你真的是一個很怪的人好嗎，真的不要以為還好。

所有那些無法言說

此刻，她坐在第一次造訪的友人家裡那片大窗台邊，額頭貼在冰涼窗面。外頭升起第一道曙光，窗外是一片生活景致。幾棟高矮不一的公寓在陽光底下閃爍著晶點，一夜休眠過後人們又開始一天日常。有戶人家男主人打著赤膊從陽台正曬著的衣服上取下一件白色吊嘎，經過多次洗滌與時間淬鍊它失去了純白。男人無所謂，泛黃對他而言是不可逆的，就像日復一日重複著那不奢求驚喜的人生。

前天晚上下起不大不小的雨，他們一行人在大社區裡閒逛，在超市裡嘰嘰喳喳，買酒買零食，看整排食品櫃上各種顏色迸發出它們本質上的奇幻炫麗。這是一場視覺抽萃，萃取所有原色與被長期消磨鈍化的視神經（或者心牆）所遮蔽的事物原貌。原來所有物質都是４D的，人類卻只著重訊息表面，彷彿他們豆腐般柔軟的腦袋只能承受那麼多，再多就垮了。

站在夜裡的天橋上，她看見雨落在地面水坑，泛起漣漪。那漣漪有它自己的韻律。路燈是黃色的，投射在水灘裡卻折射出點點鮮紅與彩藍，它們是那樣細小點綴著世界的倒影。

在她身旁佇立著另一個她，正止不住眼淚像崩壞的水庫。

從小她比其他小孩更快領會課本提供的知識，那些邏輯成立地自然，但即使在成績上坐擁贏家寶座，她並不特別快樂。她與嚴苛的父親之間存在著一種主從關係，所有世俗認可搞到最後都只是為了換取一點自由去做真正想做的事。母親對她特別依賴，好像內心裡有一塊永遠沒人了解的地方，只好雙手緊巴親生骨肉對母愛的認可。在學校，同儕之間所關心的議題小到她幾乎要失去參與動力，但求生本能卻給她掛上一抹永遠的微笑，而至此那笑意便像用強力黏著劑黏死的面具，再也摘不下來。

那在外人眼中，是溫柔的姿態。

她一直是那麼聽話的孩子，總是七早八早回家，在房間裡埋首苦讀。她的房間門是不能鎖的，爸媽跟妹妹隨時可以闖入。沒有隱私可以鬆解緊繃的神經，她常常在夢裡掙扎著找尋出路。

喜歡上搖滾樂是國中時候的事。Gun's N' Roses的〈Knockin On Heavens Door〉，Ride的〈Vapor Trail〉。用俗氣一點的話來說，耳機戴上就能短暫離開這個世界，而在那裡沒有語言也能獲得撫慰。

那時候她開始逛唱片行，有一度沉溺在ptt各種滾版上。她大量吸取各種搖滾知識，那就像通往另一個世界的密碼，越高深法力越強大。第一次跟朋友去看演唱會，因為太晚回家被賞了一巴掌。但她沒有多餘心力去想自己的處境，當下想做的事只有趕快進房間把今天簽到的海報貼在牆上。

高中終於存夠零用錢，她買了一把bass。

bass是一種音色渾厚低沉的弦樂器，形狀像吉他，但弦只有四根、而且比較粗。一般聽眾不太能意會其在歌曲裡的存在，事實上許多歌少掉bass就像沒有樑柱的房。她認為低調地保持不可逆是一種哲學。她喜歡這個樂器，覺得像她自己。

在學校裡，她和幾個同學組了團，課後背起樂器直奔空調一點都不涼的團室，插上導線讓樂器發出聲響。那些聲響如今想起來恐怕也不是那麼好聽，但當時的他們並不在意，當她只需要專心彈好一個音，她與外界的爭辯短暫獲得止息。

然而，終究在面對大考壓力時，那骨子裡一股與其說是不服輸、不如稱之為不覺得自己有可能輸的高傲，理所當然緊逼著她面對自己的人生。她當然要考最好的學校，終於能離開家的自由就拚這一次了。當一天只有二十四小時，她除了念書再也做不了別的事，於是那把 bass 至此放在那裡，銀弦隨著時間逐漸生鏽腐蝕。

其實所謂禁錮從來不侷限於肉體，她當然明白。

北上念書以後，她常常跟爸媽講電話講到哭。那些眼淚是無聲的，無聲責怪著自己永遠反叛不了自己的根基。有時候她甚至懷疑這樣可不可以算是一種懦弱。

直至鼓起勇氣走進那間位在師大小巷弄裡的獨立唱片行，遞上青澀履歷，不久接獲面試通知那一刻，她的人生才開始有了一些轉變。

你們該不會以為我接下來要說的是音樂對人生究竟能帶來如何正面的影響吧？

怎麼可能（笑）。

她錄取了，她很開心。那時候她還沒預料到一個很酷的地方固然有它的姿態，但反面來說也是諸多不社會化的鬆散結構勉強堆疊起一個體系來。這當然令她困惑，畢竟她一路都活在邏輯與規範中。開心很快轉變為鬱悶，工作起來有時候顯得無力，每天都在面對老是忘記自己說過什麼話的老闆、指令令人疑惑的店長跟非常值得翻白眼的客人。

但是，這個搖晃的體系底下確實豢養著一些奇形怪狀的人，在他們身上天真與混帳是一線之隔，愛與恨則都分明的令人頭疼。

因為這些人，她第一次探看自己酒量的下限，發現自己無法抑制滔滔不絕去陳述內心所有崩塌的感受，「我其實都已經放棄被理解了」，一邊這麼說著、一邊覺得對方有可能懂。最後大家當然以嘔吐成一團收尾，隔天宿醉一整天腦袋裡一直想著發誓再也不要這樣喝了。然後下一次再下下一次，她又哭腫了眼睛吐壞了喉嚨，勉強得意自己至少沒有像其他人一樣搞髒一身好衣和計程車椅墊。

一起去墾丁音樂祭，下午一到開始大喝特喝。半夜一群醉鬼跑到大草原上打滾，從高處一路滾下來，露水與泥巴沾滿全身。天微微亮的時候，他們徒步二十分鐘涉入無人海域，各自零散地或站或坐，眺望只有自己能意會的景色。一個夥伴潛入水中一路往海潮深處游去，竟沒有一個人出聲要他回來。白天奮力搭起的帳篷根本睡不到兩小時，一群人擠在裡面也沒蓋被子，汗臭味海水味酒精與香菸與前天殘留過香的洗髮精味混合在一起。微微呼聲裡有人在絕望地哭泣。

她或許第一次體驗何謂青春，也或許在那個時候，她才逐漸建立起對人的喜好。

天空色彩逐漸從清透轉為濃烈。早上九點，陽光在建築物身上舞動。路上開始出現快步走動的人，趕著去上班、上學，趕著開始庸碌的一天。一個太太牽著三隻狗在馬路比較邊緣的地方漫步，狗兀自往好奇奔馳而去，韁繩在頸上緊緊一勒，狗吐出舌頭氣喘吁吁。

把手貼在玻璃上，光便灑在手臂。毛孔一顆顆擴張得好大，細細的毛髮根根豎起。

後來那夥一起為唱片工業盡一己心力的年輕人們，在感受到某種侷限以後，朝各方東奔西走而去。但她始終珍惜不曾斷去的聯繫，並用超乎自己想像的意志在愛著這些人。

就像愛著她不可多得的，鮮少不凡的片刻。

除此之外的人生，有太多逃脫不了的疆界。大學畢業以後緊接著是研究所，論文到了盡頭為的是去更高更遠的學術領域裡翻拓。她每天都在報告與考試裡焦頭爛額，申請國外博士班的同時卻又想著真希望能跟眼前相愛的人結婚。不可兼得是現實壓力，夜深人靜總得面對自己。

「我想要什麼，我應該很清楚吧。」這樣對自己說。

但她其實更清楚自己想要的太多。

就像總必須在某些時刻強忍著欲望，類似用力搖晃為小事滿足的旁人，揪著對方說「你不覺得大家都很天真嗎？人就是沒有終極出口的生物，所有想法轉變成語言都已經錯了。」但是每一次在醉到某個程度之後，又渴望把自己掏空讓所有人檢視，卻發現嘴巴變得好鈍、再也講不出一句像樣的台詞，那種時候，其實還是非常傷心的。

她聽見身旁嬰兒們牙牙學語，用腦裡僅存的詞彙與第一眼所及的世界碰撞。語言在空氣裡消散開來，但他們的情緒卻高漲的令人羨慕。

跟她一起坐在窗台上的另一個她，眼淚開啟便沒有再停下來過。

「這些都是無法跟別人言說的，所有一切。」她邊哭著邊說。

「我懂。」她回答。

所有美麗的人事物，以及他們腐敗空虛的一體兩面，她都深深愛著。她懂。

能量的故事

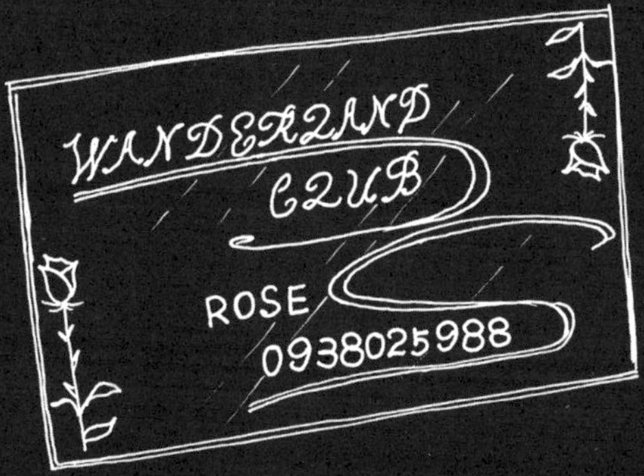

能量它，惶惶然在此人血液裡徘徊。眼前一片迷霧消散不去，那是人們稱之為「夢境」的迷宮。今日大魔王是此人一個已經失聯的舊識，他們曾經每天在一起玩樂，但為了此人自己覺得其實有點無聊的事吵了一架。那是一場賭局，賭誰可以忍最久不打手槍，能量在裡面暴跳疾走，好像每一分鐘都像一年那麼長，它橫衝直撞尋找著出口，最後找錯了地方。

發出野獸般的低鳴，此人一邊呢喃著邊睜開眼睛。上週還濕冷的天氣，倏然悶熱了起來，白天陽光囂張地穿入窗簾縫隙，打在那長著一排濃毛的胸口。大手掌抹過圓圓的臉、抹去涔在額頭上的汗水。起床先猛灌一大杯冰水，他走進浴室，擠了牙刷、邊朝齒間左嚕右嚕，邊看著鏡子裡的自己。

已經這樣維持了很長一段時間，像是經過長久累積，質量變得越來越重。雖然每天早晨藉著此人的右手與生殖器之間互相摩擦而稍稍釋放，可也就只是把一些外圍雜質去掉罷了。能量的核心越來越灼熱，空間被擠壓，電子只能互相碰撞破壞。

彷彿受困在鋼筋打造的牢房。

此人走出浴室，瞥見柔軟的床上，在他起床的那一邊拱成了一座小山。山的隔壁是一片平坦草原，這才想起來，對耶！老婆出國玩了。

「好想打籃球。」

念頭浮現，他驚喜萬分。真的耶，好久沒跟朋友出來運動了。拿起電話，播了幾個號碼，穿上排汗衫、灰短褲，套上運動鞋，挖出藏在儲藏室角落、長了灰塵的籃球，又為球針翻找一陣。一切準備就緒，他拎著裝滿的大水壺、腳步輕快地步出家門。

關於此人，他一直都不是很能跟自己的能量好好相處，常常覺得能量太多、無處抒發（當然初醒來一槍有助於身心健康，但那對他來說已經是面對人生的儀式，就像拜日式、或者給老祖先上香一樣）。

年輕時候，此人是個被能量牽引著的孩子，行事衝動、出口成髒，能量就像瀑布沖垮每一座社會化的牆。他常常覺得情緒波動如果可以換成錢就好了，變成世界首富然後把所有偽善的嘴臉都打爆之類的。

是在這個階段，他喜歡上了龐克，徜徉在急促節奏跟勇猛的嘶吼之中，憤怒與無賴都有了恰當理由。他開始學吉他，並用幾個簡單和弦寫下第一首歌。

要說唱歌，此人的嗓音真是了得，高音嘹亮可比擬女孩、甚至比某些女主唱的key還要高，加上那無止盡噴發著的能量，邊原地高高彈跳邊大聲唱也是可以不喘一下。

像是終於找到一個比較合適的出口，他組了樂團，開始了創作與表演的生涯。

能量在這段時間過得相當快樂。

在聲量逼人的練團室裡，它幻化成聲線、幻化成一句句熱血激昂或者幹意十足的詞彙，在樂器聲轟隆隆打成一片的那個魔幻空間，恣意奔馳、衝撞，在牆壁間來回彈跳、甚或穿越吸音棉與水泥牆，衝擊隔壁間的耳膜們。

亦或者，那每一個一群人窩在 Live House 裡吞煙吐霧，對著台上已經喝醉的朋友大呼小叫的夜晚，伴隨此人堪稱幼稚園等級的酒量恣意流瀉，像影子一樣癱軟，在燈光的閃爍裡忽隱忽現。

夜晚清閒，此人家裡辦著廢物群聚的派對，喝掛的朋友在地毯上嘔吐一片，鄰居三番兩次按鈴要脅，後來警察還真的來了。

「拜託耶，三更半夜，不要讓我們弟兄難做人。」

能量它，一直在流動、一直沒有停下來，多麼自由、多麼無畏。

然而時間真是個殘忍的傢伙，它比能量自己來得更加急躁，更加沒有耐性，不等誰反應過來，就把自由與無畏都帶走了。如今回想起那段日子的風光與瘋狂，能量只覺黯然傷神。它已經很久沒有好好奔跑了，已經很久沒有去外面的世界看看、只能終日在此人的內部上下浮動。

人生起起落落，然後它阻了一道更高更廣的牆在你面前，找不到方法攀過去，就再也走不動了。

事情是發生在結婚以後，此人開始感覺到停滯不前的惶恐。為了賺錢，除了原先開設的錄音室更添增新事業。他開始販賣、然後每天花很多力氣去想怎麼賣得更好。原本清瘦的身形日益增胖，明亮的雙眼佈滿血絲。婚姻固然是自己的決定，可是他有時候會想，這麼不適合結婚的自己，究竟是怎麼步上今天的呢？他還想使壞，所以他忍耐，忍著把永遠停不下來的性衝動噴發在空虛之中。太太對自己在做的事情，其實可以說是完全不了解，他也懶得解釋為什麼做了那麼多事還是不賺錢，只想回到家裡輕鬆地聊聊天。

婆媳問題、財務危機、節節升高的髮線與再也回不去的體重，在在應證一則殘忍的事實。

「老子中年危機啦！」

從那時起，他時常感受到自己與能量之間正在展開一場長時間的戰役。

整個下午都在球場裡度過，打到汗濕一身、肌肉痠痛，便坐在球場邊跟朋友垃圾話，一起評論綁著高馬尾走過的慢跑少女。

真的好久沒有那麼爽了。

回到家，決定沖個澡，等等還要練團。

進了浴室，把一身臭汗味的衣服隨手一扔，轉開水龍頭，水沁涼而強韌，頓時把剛剛累積的疲勞感一下子清空，就在這個時候，他感覺哪裡怪怪的。

低頭看著自己的陽具，他苦笑出來。

好挺！

走進團室的時候，團員正窩在沙發上嗑便當、打電動。好像快半個月沒有見到他們了，結果他媽的還是一樣廢。

「是 set 好了沒啦？一群垃圾。」嘴裡這樣叨唸著，嘴角卻上揚了起來。

回想起一起在台上淋過大雨、因為某個內場音控失職而憤怒摔吉他，之後又心疼得要死頻拿木頭漆來補，還有那些兩人共啃一個便當、為省交通費幾個大男人擠在小客車裡開五六小時之類的經驗，從半個觀眾也沒有到能夠辨幾百人演唱會的今天，鬍子長出來、眼角也有些皺了，但是聚在一起的時候，那種自在隨性、屁成一團的氣氛，還是每每讓他有相當不錯的感覺。

今天唱歌氣特別足呢，是難得的好狀態喔！之前本來擔心有些高音是不是隨著年紀開始上不去了，但今天飆起來都特別有勁。他爽翻了，唱一唱玩性一來，胡亂嘶吼一通，團員看他這樣也都跟著嗨了，吉他手和弦一變，大夥兒竟然就開始即興了起來。

他唱啊唱地，眼角不知為何，竟然默默滴下眼淚一滴。

前幾天，一個下著猖狂暴雨的夜晚，打開電腦看業績報表，一股胃酸逆流而上。換季進貨速度怎麼會那麼慢呢？新貨不趕快來，這個月的月績交出去就又是慘賠了。他打電話給負責的股東，對方在半睡半醒間有一搭沒一搭地敷衍著。他心裡急了，馬的，老是這樣、每天半夜泡酒吧，正事都擺爛做不好，拿大家的投資開玩笑嗎？

一股悶氣很快變成腎上腺素在血液裡流竄，終於湧上嘴邊，他第一次說了幾句難聽的話，並在心裡決定要把夥伴辭退、把股權拿回來。

如果未來注定得一直這樣背著財務壓力，那有多悶啊，這樣活著到底有什麼意義？

好想做一些快樂的事。

拿出皮夾，抽出一張名片。他起身，在房間裡踱步一陣，然後將名片塞回夾層，下樓打電動去了。

此刻，盯著團員消散以後，空蕩蕩的團室，節奏的躁動還滯留在體內，悶得胸口竟隱隱作痛起來。他又想起那張名片，上面鑲著粉色玫瑰、有些俗氣，但那個名字，細緻細緻的，真美。

這一次，他覺得管他去死了，拿起電話按下號碼，撥了出去。

這是一間沒有窗戶的房間，琥珀色牆壁、大理石地磚。

剛剛在辦事的時後，表面上是盯著小姐的臉，實際上眼神穿透過去，抵達了天花板上。那吊燈旁邊有一些腐朽的水漬，好想拿油漆把它們重新粉刷一遍。

這裡沒有風、沒有陽光，燈光不知道為什麼總是那麼昏暗，讓人目眩。按摩浴缸裡泡沫不乾不脆地滾動，鏡子裡的自己看起來有些臃腫。

他知道自己有一顆善良的心，待人誠懇、有義氣，從不陷人於不義，爽或不爽也是毫無保留地講出來，而且通常講出來都沒事了。

性慾是一道多麼難解的題，打從年輕的時候就知道，自己將一輩子被這個東西給束縛。

「男人啊」，他想。

他是個正常的男人吧。

事實上，他從以前就一直有這樣一個困擾，自己的性慾好像永遠無法得到滿足似的。

到了這個階段，漸漸習慣了不是所有欲望都可以如願抒發，很多事情想要、不一定得到，得到了，不一定快樂。

就像現在，他總覺得有什麼比眼前景致更需要去想的事。

回到家附近，忽然很想散步，決定到河堤邊走走。

有某個部分正在老去的過程中逐步與自己脫離，他不願去想的是，那個東西對他來說究竟有多麼重要。

真的很重要嗎？

對於未來的人生，他已經沒有太多想法很久了，眼前有很多必須解決的大人的問題，換句話說，也許不斷去解決當下的問題，就是他的未來吧。

那不就其實，沒什麼差別嗎？

「好想重新活過一遍。」

可是要是他就這樣一去不回頭，團員怎麼辦？老婆怎麼辦？家人、朋友，他們會不會覺得傷心呢？其實也是有點害怕的，害怕這些人沒有了自己也無所謂。

應該，不可能吧。

站在河堤邊，默默點起一根菸，看著猩紅菸頭在黑夜裡忽明忽滅。

或許就像決心好好組一個樂團、決心好好成家立業、決心當一個更好的人。

「決心」就這樣，成為了人生的老大。

能量它，惶惶然在此人血液裡徘徊。其實是有些累了，這些日子，常常去意識自己並不是無所不能。當前的世道已經建立了太多它不理解的思考與規範，深深感受到自己與其間的鴻溝。回想起跟此人一起闖蕩的那段日子，此人笑得比較多、煩惱得比較少，那時候的光景，成為了今日掙扎的動力。

就在此人翻覆一陣，終於甘願將意識交付於虛空之時，能量就像過去的每一天一樣，也認真砥礪了自己。

等休息夠了再開始努力吧，我才不會認輸呢。它想。

因為我是無可取代的能量啊。

麥克雞塊

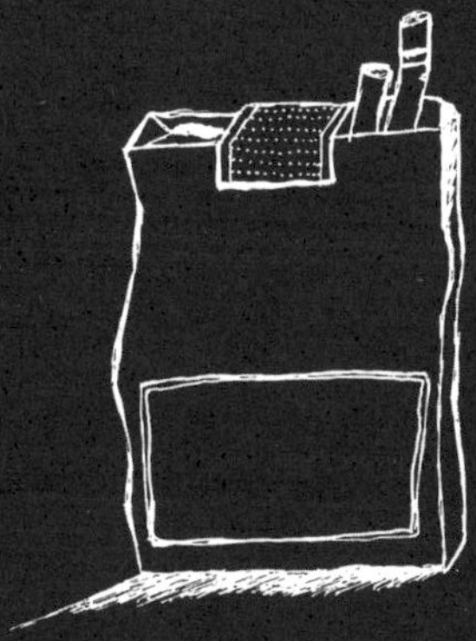

最近幾天天氣放了大晴。

藍藍的天，藍得透明。陽光灑落，確實熱情如火。現在以節氣來說為秋，以節氣來說啦。事實上寶島的秋天沒有涼意，一點點都沒有。

行道邊，小學校的矮牆裡，學生嬉鬧。應該是在上體育課，圓球們拍擊地面不斷發出沉悶的回聲。

「啪嗒、啪嗒」

落葉鋪滿整條人行道，人走過去，它們就「沙沙、沙沙」。

「好熱……」

「沙沙、沙沙」

「好想喝啤酒……」

「沙沙、沙沙」

「好餓……」

「沙沙、沙沙」

「為什麼這裡沒有一個地方可以坐一下啊……好想坐一下……」

「沙沙、沙沙」

「說真的你們沒事一直掉下來幹嘛呢?爭氣一點嘛!好好長在樹上,好好活著。生命誠可貴嘛對不對……」

「沙沙、沙沙」

「你們知道哥現在很想喝啤酒,哥長這麼大兵都當完了,現在就只是想喝一杯啤酒。我身而為人,有我的自由意志嘛!都三十好幾的人了,一杯啤酒而已,不難嘛。可哥不能去買,哥現在在這裡面對你們,你們有想過哥的心情嗎?」

「沙沙、沙沙」

「說真的,哥實在很不想跟你們玩了。哥為什麼在這裡?到底在這裡幹嘛?就在剛剛六十秒又過去了,就這樣嘩啦啦的像水一樣流過去了。流過去,蒸發了。你們懂嗎?這麼熱的天,水一定會蒸發得很快……」

「沙沙、沙沙」

「所以哥現在在這邊，就是陷入這個蒸發的地獄，哥的汗在蒸發、哥的口水在蒸發，哥的時間、哥的生命、哥的整個人生都在蒸發。你們再沙啊！有沒有聽過什麼是可悲？告訴你們，哥就是可悲！」

「……」

……

沙沙？」

B嘆了口氣，垂下頭，看著自己的手。那雙即便短短肥肥、仍在苦練之下可以彈奏飛快吉他solo，寫過很多歌、操縱錄音介面幫很多樂團完成過專輯，專業樂手兼專業錄音師的手。

此刻，它們有氣無力地握在一根竹掃把上。

那天從早上十點開始待在錄音室，一路待到晚上十點。十二小時不間斷的工作終於結束，邊吹著口哨邊跨上摩托車。路上先去買了貓砂，接著在家旁邊的便利商店停了一下，反正離家不到五十公尺，老婆出差不在，不太想馬上回家，索性買了瓶啤酒喝。

B喝啤酒速度很快，一瓶500ml狠灌下去只要十五秒。不過今天他喝得慢，工作完嘛！就是要輕輕鬆鬆，做什麼都可以慢慢來。

喝完啤酒，抹乾嘴巴，把瓶子捏扁丟進回收桶。

「啪啦、空」。

戴上安全帽，帶子也沒扣，他心情好到就要唱起歌來。

他沒有看見，他怎麼會看見呢？就像一抹融在黑暗中的影子、飄忽在路燈下的鬼，那個上輩子大概是個忍者的警察，就這麼靜悄悄尾隨在他身後。直至家門，那張冷酷度與《魔鬼終結者》裡的阿諾史瓦辛格相比有過之而無不及的臉，悠悠哉哉滑到他身旁。

「來，下車，駕照拿出來。」

態度再怎麼好、再怎麼乖乖配和、低聲下氣，酒測值超過零點二的B，依然逃不過反手上銬拘留警局的命運。

是的，銬手銬就算了，還是反手。

在警局，他跟另外一個也是酒駕被抓的男子背對背銬在一起，一直待到早上。不巧一早來了一群小朋友參觀警局，警察當真在孩子們面前，指著一臉倦意、狼狽不堪的兩人說：

「長大絕對不可以學這兩個叔叔開車喝酒喔，知道嗎？」

知道嗎？

知道嗎？

知　道　嗎？

此刻想起這一切，覺得慘到值得帥氣地點根菸。他邊苦笑邊把手伸進口袋，拿出菸盒打開。

不過其實，人生是有可能慘到笑不出來的。

這是一個空的菸盒。

是什麼時候抽完的呢？怎麼會忘記去買？

智障！白痴！

痾啊！！！！！！！！！！！！

開始每天早起，以勞動時數代替罰金至今，他有太多時間得以思考自己的人生。

書念得不特別好、不特別爛，沒有太叛逆、也不是特別乖，要不是開始玩樂團，B基本上極可能過著平平凡凡的一生。

開始彈吉他，是因為喜歡上龐克。急湊而直爽的節奏，簡單卻充滿力道的刷

chord，他覺得這樣的音樂跟自己很像。

事實上，B確實也把龐克玩得很好，吉他彈出一點心得，唱歌也嘹亮的渾然天成，加上爸媽生給他一組搞笑基因，上台講起話來，真可以讓台下觀眾整場笑不停，笑到流眼油肚子發疼。

與童年好友共組樂團，幾年內便累積了極高人氣。

可是，他們簽了一間不善經營的經紀公司。專輯叫好不叫座，演出費用也不夠生活，當完兵不久，一直一起努力的夥伴想賺錢，離開了。

在終於找到新團員，並與公司解決合約糾紛之後，他們重新學習自己處理自己的事務，好不容易回到舞台上，卻發現音樂圈的氣氛慢慢在變了。新的樂團一出來就帶著強烈企圖心，不僅聽覺要做好，資訊傳導更著重在視覺與想法上的刺激，梗更多元、觀眾口味也就跟著養大。

這已經不是靠著熱血衝撞就能撞出夢想、單純喜歡音樂就夠了的年代。

他常常覺得困惑。

每次有人跟他說「你應該更有策略的寫歌」，他都會有點不甘心。為什麼要去想那些事？那又不是我！

長大成人固然還得面對生活層面的煩惱。為了謀生，他努力學習錄音，終於自己開了間錄音室，做得也挺不錯。可是，台灣就這麼小一個地方，樂團也就這麼一丁點多，又不是每個樂團每一年都需要錄音，何況科技迅速演進，現在有一台電腦、花錢買簡單介面跟器材，在家裡就能完成一張自己的音樂作品，結果錄音市場競爭越來越激烈，淡季也曾有過連續幾個月沒案子的情形，經濟狀況自然是入不敷出。

如今口袋已經夠扁，還遇到這種衰事，被羞辱就算了，部分工作時間拿去掃地，案子都趕到不能睡覺。

直到那樣東西「碰！」的一聲，往頭上砸下來之前，他其實差不多想到快哭出來了。

那個東西，我們稱它為書包。

「書包是一種袋，用於放入文具隨身攜帶，從前多稱書袋。書包通常由使用者背於肩上行走。」維基百科這麼說。

由此可知，從天而降一個書包，是不合理的。

「為什麼這麼不合理的事會發生在我身上呢？」他想。結果一抬頭，他的眼睛就這麼跟圍牆邊冒出的另一對眼睛對上了。

眼前所見，是一個頭髮削得短短、濃眉大眼、穿著制服的男孩。他尷尬地笑笑，攀坐到牆上，動作有些侷促。

男孩嘴裡，叼著一根菸。

這一切已經荒謬到可以拍成電影了吧。B這麼想著，竟也就很理所當然地脫口而出：

「借根菸？」

「喔……」

那男孩一臉無所謂，從襯衫胸前口袋拿出菸盒，挑了一根遞給他。

「要火嗎？」

「不用，我有。」

「那……幫我接個東西？」

「好啊，來。」

男孩從牆另一邊緩緩拉起的，是一個長型袋子。B當然認得這個袋子，他自己也有，只是比這個厚、也貴很多。

那是一個吉他袋。

接過吉他，男孩從牆上躍了下來，將菸點上。B的菸也點著了，一時之間，男孩顯得猶豫不決，背起書包，又沒有馬上要走的樣子。

「去練團啊？」B問。

「嗯，最近要比賽。」

「在學校？」

「在外面。」

「熱音社？」

「沒。學校熱音社都在練death metal，很煩。death metal就是黑死金屬，用喊的，很吵的那種。」

「我知道什麼是death metal。」

「你也玩團喔？」

「對呀，玩很久了。」

「玩什麼？」

「龐克。」

「哪個團？」

B說了團名。

「聽過嗎？」

「沒，我跟龐克不熟。」

「聽聽看，很不錯的。」

「好。」

「那你的團玩什麼？」

「什麼都混一點。」

「團名？」

「有點鬧。」

「我不會笑你。」

「麥克雞塊。」

「什麼？」

「我的團叫麥克雞塊。」

那天回家路上，B的腦海裡，一直浮現男孩離去的背影。

那個瘦瘦黑黑、衣角一邊露在外面、走路大外八的少年，背上背著扁扁的吉他袋，踟踟地往湛藍的遠方走去。

想著想著，他有點餓了。

於是，他油門大力一轉，繞過幾個街口，停在家附近的麥當勞門口，進去點一份麥克雞塊餐。

今天晚上開瓶啤酒寫歌吧。

牆

在與同為公眾人物的前夫公開的和平結束婚姻關係，做出世人所謂「出櫃」宣言，鬧得同溫層內外一陣沸沸揚揚，各種壓力排山倒海而來之前，我曾有過那麼一段每日進出酒吧讓自己墜落的時間。消息發出當晚，我已下定決心與過往的社交模式訣別，遂在私人臉書頁面上發了一篇文，歡迎好朋友們來喝上近期的最後一杯。

到了酒吧現場，陸陸續續有一些敬酒的人，我想用意都是正面的，也一一道了謝。但其實心裡面是惶恐的，沒多久便找個角落靜靜窩著，這時候，眼前出現一個令我驚訝不已的場景，那個高冷憂鬱的王子以輕快的腳步路過玻璃窗，推開了酒吧的門。

這些年我們其實並沒有講過太多話。當然我一直間接得知王子的近況，只是並不知道這其中有過什麼樣的故事，他內心又做過怎樣的掙扎。此刻他握著啤酒杯站在我面前。

「看到你的發文，覺得無論如何要來跟你見一面。」邊說著邊舉杯，眼睛裡閃著光輝。

王子對很多事情生氣，例如一個國家不像國家、一塊土地的主人也沒有被對待得像主人。一個產業不像產業、一首好歌不被聽成一首好歌。一些話語沒有話語的價值、一些說話的人其實沒有本事。或者我們也可以說，他氣的是一片思想始終沒有思想得完全。

即便是那麼生氣的一個人，王子卻還是一直在面對這個世界，這其實是因為他擁有某些特殊能力的關係。

王子他，可以聽見人自己可能都不知曉的、來自本質深處的聲音。人的內心有那麼多繁雜聲響，醜惡與美麗交雜，醜惡令他難受、但美麗卻又讓他眷戀。也因此王子常常感到迷惘，他驚見過人的脆弱與自私，卻因為聽見脆弱與自私背後的純粹嚮往而感到無所適從。

我們可以猜想王子不只一次想過死亡，但既然選擇了活著，他高傲地決定讓自己去到一些更哲學的地方。

這些，我都是那天以後才知道的。

剛認識王子的時候，我還是一個什麼都不懂的小屁孩，喜歡也知道怎麼發出聲音，卻不知道喜歡的是什麼樣的聲音。因緣際會下，得知有那麼一號擅長發出聲音的王子，便毅然決然找上他拜師學藝。

他高挑、清瘦，一雙貓一樣的眼睛永遠遮蔽在瀏海之後。走路的步伐、喝飲料的姿態、開口說話的聲線都驚人的細緻，不能說是高貴，比較像是一個被打入凡間的落魄皇室。不特別去看誰、只是兀自以一種抽離姿態在人群裡穿梭的時候，他總是特別顯眼的。對於這件事情，我們不確定他自己有沒有認知，但耳朵上的銀環、一雙手掛滿了的細繩與珠串、擦亮的皮鞋和剪裁特殊的牛仔褲，在在顯示注重美感的特質。那時候關於王子有很多傳言，例如喜歡穿牛仔褲睡覺，因為覺得一般男性內褲很醜，或者談戀愛的對象都是辣妹等等。即便因為這些世俗八卦覺得應該不至於到高不可攀，真見了本人還是感受到難以突破的距離。

我常常感覺那個距離背後，這個人應該是一直在跟自己對話吧。

我們在一間狹窄的教室裡開始探索聲音的旅程。起先，王子在白板上寫下數字符號，每一個數字代表著一個組成旋律的元素，元素與元素之間有更細的元素，而元素組在一起又成了一片完整的聲音，類似雪花結晶之類的東西。

我不確定是王子自己也覺得製造各式各樣的雪花已經有些無聊，或者他發現比起用一套既有定律去產生一片雪花，我好像有自己探索雪花結構的方式。後來我們不再鑽研雪花的組成，反而聊起遠方覆蓋著大雪的國度來。

「在雪的國度，人們以各式各樣的方式與大雪共存。有人把雪堆成方形的碉堡、有人搓成圓形的球，有人在雪地裡開車、有人走路，有人把自己冰封在雪深處、有人拚命祈求陽光將雪融化成河。雪的國度很大的，都要去看，都要去看。」

他運用自己所擅長，要我去認識更廣袤的打造雪國的可能。我就是在那時候認識效果器的，這些小小顆的機械，藉由電流破壞雪的元素再重組，因此一片一樣結構相似的雪花，在迴路裡被壓出了新紋路，有些很粗、有些長得像波浪，有些變成了尖銳的刺、把人的心給弄傷。

感覺他真的很喜歡這些東西，有時候甚至講得太開心，像小孩一樣沉浸在自己的世界裡。

我不知道王子有沒有這個自覺，他其實常常表現得異常天真。記得有一次我戴了一個現在想想覺得很害羞的項鍊，是一把小小的吉他、上面鑲了個假鑽，他看見便非常自然地伸手輕輕捧起，臉湊得離我頸部好近，好細好細地看，然後忽然說了一句。

「好可愛。」

邊說的時候，水汪汪的眼睛邊瞪得好大。

一個充滿距離的人，那麼輕易便打破了他人的距離。

直到第一次去看王子表演，我才發現這人不如第一眼所見的、另一個更趨近本質的面向。王子的武器是聲音、是語言。手放在吉他上，按的和弦橫跨一個尺度、是對不和諧的追求。腳踩在效果器上，所有聲音便在複雜迴路裡破碎重組。心裡的節拍也在反叛，數字就像迷宮、只有他自己知道怎麼走。而歌詞則是面對生命與情感幾近脆弱的呢喃。這些都像蒙上一層雪霧，讓人一瞬間看不清輪廓。

王子寫歌，而且只寫悲傷的歌。

學習總有階段性的終點。與王子訣別以後，偶爾在社交場合擦身而過，我們並不特別攀談，只是揮揮手說聲Hi，又各自往要去的地方埋頭前進。

我在自己的聲音世界裡探索，遇到各式各樣的人、經歷各式各樣的碰撞與選擇。

偶爾聽說王子貌似一直在不斷拆解重建的過程裡猶豫不定，不知道什麼時候才會走出去。我猜想那或許是某些創作者刁鑽的過程，自己卻不曾體會。我是那樣急躁地不斷在擴張自己的版圖，打造各種不同樣貌的雪世界。

再度聽到王子出征的消息，已經是七年之後。

七年真是滿驚人的一個長度，小孩都可以從受精卵變成一個國小生了。宣傳視覺開始在臉書上轉傳，朋友們也紛紛相約要去看他的演出。我心裡是非常期待的，畢竟曾經是青春歲月景仰的老師。

這場演出其實有點像是一個老朋友相聚的場合，一起聽音樂的夥伴相隔七年一定各自有成長，如今一起討論著「七年前曾經一起聽過的王子」應該很興奮吧，等待過程現場充滿了躁動之氣。

終於場燈轉暗，尖叫聲四起。王子的黑衣夥伴坐上鼓台，旋即來了一段華麗 solo。再來 bass 手出現，我們都一起進入低頻的世界。這時候我還在竊笑，畢竟都是認識的人，忍不住想虧一下是在耍帥個屁？最後王子登場了，一樣穿著全身黑，吉他低低背起。我看見他纖細的手指在空氣中舞動，雙指間輕撚的 pick 尖端掃過琴弦，然後一瞬間，我整個人就震懾住了。

那是一座巨大高聳的冰牆，厚實、壯碩，表面卻非平滑，而是粗糙到近乎尖銳，稍微擦身便在身上留下血痕的、混亂不規則的一大片。

我泫然欲泣，自己也覺得非常莫名其妙。並不是悲傷，反而像是被提醒著自己與心裡、以及這個世界的種種感知，其實就是有著這麼過不去的東西似的。這道牆佇立在眼前挑釁著我。

我想它挑釁的是一切。

演出結束以後，王子就把自己關進牆裡了。業界的大家都聽說了這個樂團將就此停擺，因為王子暫時什麼都不想要了。

那天我們坐在酒吧裡天南地北聊，我跟王子說我現在也在牆裡。我們聊他想打造卻始終打造不出來的雪國，聊牆裡必須思索的太多的自己，以及自己與世界，與聲音、語言、價值與何謂真正的純稚之間的關係。

「最近我在思考一些哲學性的問題，也想要找一些人來聊聊，尤其是雖然平常不怎麼聯絡、但其實覺得很有趣的人。你願意加入嗎？」他開口提議。

「好啊！但是我不確定能不能給你滿意的答案喔。」我說。

「我沒有設定任何答案啊，每個人都不一樣，但或許能幫助我去理清一些事情。」他回答。

後來我們確實有了這樣的一個約。那些問題我記得都不是那麼好回答的，但我很努力，他也又再針對每一個回答，一直往裡面鑽下去。那是一個很美好的夜晚，我至今非常感謝曾有過這樣的機會。

我一直記得自己的第一場表演，身為老師的王子從頭到尾在底下看著的場景。那時候自己並不是那麼可以面對舞台的，雙手始終顫抖，心裡慌張得不得了。那場表演大概並不好看，可是他一直沒有離開，在每個人臉都清晰可見的少少觀眾群中兀自佇立，那雙眼睛非常專注地盯著我看。

不知道他那時候聽見了什麼。

那時候，當然沒有人曉得這個下台就挫到嘔吐的小嫩嫩，會走到今天這個模樣：一個背負著標籤、還在努力尋找自己的表演者。

我在牆裡寫了一張專輯，然後帶著覺悟走上舞台，完成一系列自己覺得盡善盡美的秀。王子依然在台下看完全場，只是這一次，我們是一起成立這場秀的夥伴。牆還在那裡嗎？我不知道。可能只要還有憤怒，還有想一覽醜惡與美麗的執著，人生便有無止盡的牆要去突破，或者，即使突破不了也沒關係。

慢慢摸索，雪其實是不會停的。

執念

首先她把厚化妝棉從棉與棉中間的接縫撕分開來，成了兩片，輕巧地噴滿份量剛好的化妝水，並將它們服貼在我眼窩處。她快速搓熱雙手，按了幾下帶著花草香氣的琥珀色精油，在手上來回揉搓。當她手指合併，從我下巴兩側往上輕推，經過臉頰、耳窩，沿途力道漸漸加強，在我緊繃的太陽穴上停下來，一股強勢的力道往穴位內裡施加時，我闔上眼睛，輕嘆一口氣。

「會太痛嗎？」

「不會，很舒服。」

一邊感受著腦神經逐漸鬆弛，嘴角不自覺上揚。

有幸能請她來上妝的日子，便總能在開始前這樣一步一步暫且脫離煩雜思索。我有點私心希望這隆重的儀式只屬於我跟她，但當然那應該是她面對自己的工作，一份小而特殊的堅持，是沒有對象之分的。

此刻我所在的這間休息室裡，只有我和她、以及髮型師三個人。外面各種喧鬧暫且被隔絕，今天我將在台上耗掉自己所有精力，做一場兩小時無停歇的演出。

她拾起筆刷，小小的刷毛擦過顏色，再輕巧落在我眼皮上。眼睛盯著一塊我的局部，每一筆都在為我妝添一點姿色。

從粉底、遮瑕到修容，眼線、眼影到睫毛，她逐一以一絲不苟、精準俐落卻極其柔和的動作完美地完成。做好幾步就停下來向後仰，從較遠處細看我的臉，然後發出滿意地讚嘆。

「好美喔！我真是個天才。」

這句話，我是多麼喜歡聽她從嘴裡吐出。

在我碰過的造型師裡，至今沒有一個像她。

當然我會這麼說有一個前提，我們算是看著彼此度過少女時期的老朋友了。剛認識的時候，她還是一個電影系的學生，頂著一頭大捲、著了身散發土氣的衣裝。不過說真的，那時候誰不土呢？對於美，每個階段都有它不同的詮釋。回頭看看過往的照片，總要對自己當時的造型品味訕笑一番。

第一次見面，除了她微笑時眼睛總瞇成一條線，對她的自我介紹印象最為深刻。

「你好，我叫愛可，就是可愛的反過來。」

我心想哇靠，多麼有自信的一個女孩！

直到長大才明白，一個人可以怎麼自在地接受自己的獨一無二，往往是從說出自己名字那一刻便得以確知。我不知道眼前這個少女花了多少時間與事件的淬鍊成為今天的樣貌，但當下幾乎可以篤定這般爽朗所代表的、是無關乎識人與識世而偏向更本質的無瑕。

我問她這個名字的由來，她說這是日文。她日文非常好，原因很簡單，就只是很喜歡日本文化所以自學了。

於是我又哇靠。日文那麼難，她卻說學就學而且還學成了，這是一個什麼樣的執念？

在成為今天的她以前，這個女孩固然有她尋找自己的故事。說實在頗為離奇，從電影系畢業以後，她第一個應徵的工作竟然是電梯小姐。

獲取這份工作資格的考試是困難的，畢竟是一種門面，語言、姿態禮儀、外貌體態，每一項都有它嚴苛的標準。一直以來她都是一個做事極其細心、應對妥貼得宜的人，一張臉圓潤端正、是長輩看到總要稱讚兩下的類型。聽她要去考試，即使是一百多個裡面選兩個我都不擔心結果，我擔心的是她即將進去的世界與她之間，勢必有著各種有形無形的隔閡。當然並不是誰有這個資格評斷另一種價值觀所堆疊起來的人生，只是隔閡所引發的寂寞也不是所有人都能好好適應罷了。

「當電梯小姐是我小時候的夢想，我一定要去做過才知道是什麼感覺。」她總是這麼告訴周遭的人。

她當然考上了，考得不急不喘。受訓期一路過關斬將，很快變成上司前輩仰賴的新星。就這樣，她穿上制服、戴上貝雷帽與白手套，踏上圍繞著階級制與名牌包、偷閒購物的明星與「休足時間」的電梯小姐人生。

「遇到討厭的客人，我就趁關電梯門的時候夾他！然後再笑笑地說不好意思。」

有時候她會分享一些這樣的經驗，逗得大家哈哈大笑，或是轉述更衣間好八卦的女子們各種對話內容，邊說邊翻個白眼。當然也有開心的事情，例如被樓管稱讚、跟帥氣的中年上司聊天、用員工價買到一直很想要的商品。

與她一同畢業的同學們，各自進入片場開始為自己想成為的角色摸索打拚，在每一次相聚過程中，她也許漸漸發現自己的話題跟其他人有些遠了。

她有過不安嗎？或許吧。

在那截然不同的世界裡，每一次鞠躬都是在與一個更現實的世界進行心理的爭辯。爭辯著爭辯著兩年過去了，有一天她拿著寫好的劇本：一個電梯小姐的故事以及空閒時間自習而得的學問，走進某國立大學電影研究所的面試間，然後毅然決然辭去工作，躍進學術領域。面試結果公佈當天，我打電話給她，她在話筒裡高興地哭了，我聽了覺得好笑，我不知道為什麼老覺得她根本就不用擔心考不上。

至於一個電影研究生為什麼後來走入梳化界，我覺得那大概就是可以展現這個人的思考邏輯跟其他人有多麼不一樣的一個結果吧。她進學校就讀的時候，有一天我問她會不會念完，她說再看看，我就覺得不會了。這想法跟她有沒有毅力無關，只覺得她想獲得的本來就不是一張文憑，而是更實用的什麼。

果不其然，這碩士學位她只追了一年。幾乎是還在學期間，她把電梯小姐時期累積的積蓄拿去做一件仔細想想還真適合她的事情——她去上了不只一個學期的化妝課。

我跟這次一起弄演唱會的經理聊起這件事情，我說欸你知道愛可當過電梯小姐還念過研究所嗎？結果經理非常吃驚。其實我心裡也覺得不可思議，這女孩並不是一個那麼有耐性的人，對於討厭的人事物講話都挺尖酸不留情面的，表達能力也不是特別好，每次要闡述一件事情的脈絡，總得重複幾次來確定自己腦袋裡的進程。乍看好似每個階段都是眼睛盯著一個地方，就好好去走到那樣理所當然，但過程其實應該都非常用力吧。

想到這裡，不禁懷疑執念這東西是不是真的能產生某種超能量。

「你身邊很多這樣的人耶，一種物以類聚的概念吧。」經理這樣說。

這場演出，我彷彿花了十年時間在準備。十年前開始做音樂的時候，也只是單憑著一股執念去做過各種嘗試。二〇一七年是一個全力衝刺的年，發了一張累積過往能量至今的全製作專輯，聲勢浩蕩地希望能在樂壇炸起一波漣漪。上台前，所有細節精心再精心，團隊裡每一個人都把自己逼到了極限。而到上台前一刻，最需要的反而是讓心平靜下來。

此刻她專注地打理好我的那張臉，是我始終能感到安心的畫面。我的整個人應該可以算是她相當熟悉的一張畫布了，從第一次在拍片上合作，到後來開始只要有重要演出或影像相關事宜都找她來當我的造型師，甚至在婚禮上，她也是讓我美美登場的唯一功臣。我的裸體她看過不只一次，這次演出衣服自己不好穿，我也毫不避諱在她面前脫個精光。

如果我的執念是以最好的姿態站在舞台上，她的執念便是給予我那個最好的姿態。

然而在演出中，發生了一件有點驚悚的小插曲。其中一個橋段，我必須走到群眾圍繞的中心小舞台上演唱。就在歌與歌之間的空檔，一個女孩笑著衝上台將我拉了下去。我們在觀眾間掙扎一小段時間，她才被工作人員請出場，而我趕緊收回魂魄，繼續完成接下來的演出。

那個將我拉下台的女孩，她在一個沒有人能理解的狀態，我是真的不怪她，也希望她事後身心都獲得平安。

但直至最後一首歌結束，下了台，走進休息室，我看見愛可一臉笑意地迎接我說辛苦了。那一瞬間我撲向她痛哭一場，哭到全身發抖也不用在意。

有時候我確實覺得執念能讓人聚在一起，那某部分是源自於理解，理解執念其實必須付出龐大的身心代價來追尋，而要達到每一個選擇最終的那份美麗，過程都是一點一點妝點起自己。

那天在演出前，我們閒聊著她前幾天才被求婚的事情。

這段姻緣源起於我多年前可以說有到用力的一次引薦，男孩小了她幾歲，跟她一樣對日本文化執著地喜愛，個性老實溫吞、眼神特別柔和。那時候其實也就是一股執念想著真想這個朋友幸福啊！知道他們個性合適，便雞婆地做起不斷在他們面前談起彼此的計畫，意圖明顯到一度覺得自己好像什麼隔壁的王太太。

在一起以後偶爾聽她抱怨，但也就這樣一起生活了多年，我看他們穩定穩定，心裡一直挺得意。被求婚當天，他倆在臉書上放上自拍照，我看那照片，她眼睛腫得跟什麼似的，相當可愛。

問她過程，她持續手邊動作，一邊開心地說著。在訂好的溫泉旅館房間外面等好久，心裡一直好緊張想說該不會要來吧？結果走進去燈暗暗的然後他就說「親愛的我要跟你求婚」，我當然就爆哭啦 balabalabala。我說這樣很好嘛！婚姻不是你的夢想之一嗎？她說對呀，被求婚真的好爽。

我很開心她即將步入人生下一個階段，那也是她的執念之一。希望這份執念可以走得不那麼剛硬，她不用那麼需要妝點自己的心。妝點的執念可以留給像我這樣的人，我們永遠需要最好的姿態、永遠需要她的執念。

光

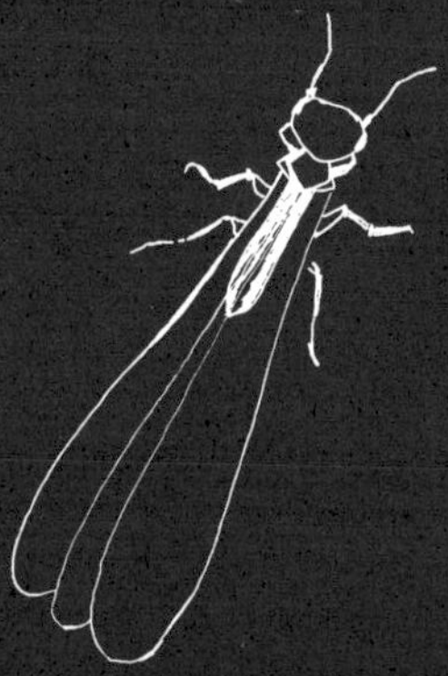

距離出發點不到三百公尺，她因為過份緊張而氣喘吁吁，停在三分鐘才可能出現一輛車的山坡路上，猶豫著該回頭還是繼續前進。

其實一上路就發現了。一場劇烈豪雨過後，整座島成了白蟻的王國，摩托車一動，牠們就集體瘋也似地朝前車燈衝撞。在每盞路燈底下，這些為光所迷惑的盲徒更是振著牠們孱弱的透明翅膀，用死亡之舞編織一片逃不掉的網。

另一方面，青蛙大軍活絡了。牠們濕潤發亮的小小身軀在道路上不疾不徐地跳動，眼神放得好空。在被汽車輾過的瞬間，持續保持著不知道要去哪裡、或許也只是想待在這裡的那種神態。

她是山裡長大的孩子，照理說對動物、昆蟲並不懼怕，但是面對投奔死亡的動物與昆蟲又是另一回事了。白蟻打在臉上，可以感覺到翅膀與蠕動掙扎的身軀在臉上磨擦。閃避不及而可能命喪於自己車輪底下的青蛙又有多少，她不敢想像。

下午到了機場以後，發現旅伴還在趕路。報到時間快要過了，旅伴要她先去拿自己的機票。這個動作接連帶來後續一系列的結果。首先是在登機門等了一個多小時，飛機因為目的地天候不佳、機場關閉而停飛。其後，只好等待補位的兩人，因為報到時間不同，她補上了最後兩個機位其中一個，旅伴卻沒有。

就這樣，她一個人降落在這座陌生的島嶼。

下了飛機，看見低矮建築物上掛著大大醜醜的黃色標楷體字：「馬祖南竿航空站」。霧氣正在逐漸匯集，手機訊號只有兩格。

前往旅館的路上，接駁車司機問她這趟待上幾天。

「總共五個晚上。」她回答。

司機嚇了一跳，可能這輩子沒遇過一個遊客選擇花這麼長時間待在這個地方。這座如果哪裡也不停下來，花一個小時就可以完整環繞的小島，除了軍事要地、酒廠、五根指頭數得盡的村落，並沒有那麼多值得去的地方。

「那你要把整個馬祖都逛過了。去坐船，到別的島上去。一個島差不多一個白天。」司機說。

「好，我會去。」她不想多做解釋，淡淡地回應。

如果旅伴明天沒有順利抵達，她是可以一直坐在看得到海的陽台上哪裡也不去的。只要有海就好了，海跟蟲鳴陪伴下，可以靜靜讀完一本書、寫寫東西，或者就這麼發呆一整天也無所謂。她只想好好檢視自己的人生，一次又一次的，看看可不可以就此看清所有的失敗。

失敗感即將把自己壓垮，她可以感覺到。

它們並不是一直都特別劇烈，有那麼一度甚至覺得可以跟失敗的自己和平共處。她用一種從容的態度遠離過分親密的關係，把自己變成身邊各種人的遊樂園，一個大家可以自由來去、在裡面找到屬於自己角落的場域。這是她特有的能力，在不同社交場所、不同關係建立之中，去貼合當下的氛圍、對方希望自己能擔任的角色。她擅長傾聽，大部分時候有辦法給出關鍵的評論與建議，或者只是一抹了然於心的微笑，一個輕輕的擁抱。

這樣的性格，或許致使自己走向現今的人生道路。

她成為了一個寫歌的人、一個說話的人。細膩的感知與相對應的脆弱成了武器。在舞台上，她把自己掏出來和觀眾交換。為之悸動的人漸漸多了，他們用一雙雙專注的眼睛，甚至幾滴發自內心的眼淚，回報她溫柔的理解。

這一切都很好，就像建立了一環又一環的迴圈，從核心向外擴展，是不同顏色、不同密度的愛。又或者就像一個宇宙。

但置中點，那個人們稱之為自我的東西，它究竟是一個怎麼樣的空間，卻是連自己都感到疑惑。

每一個曾經深入其中的人，最後都在一團混亂裡傷痕累累的離開。他們有些成了無可替代的朋友、家人，有些則是雙方就這麼鐵了心的，某種程度上永遠地道別。

已經三十歲了，她感到非常疲累，好像除了一個遊樂園之外，也當不了其他角色的感覺。可是她真的喜歡當遊樂園嗎？

站在舞台上，所有不正常都是合理的。

有時候，她不確定自己這麼喜歡這個工作，究竟是這個工作本身帶來樂趣，還是不做這個工作的話，她根本無法在人類社會裡生存。如果「特別」只是高傲的解釋，反面來說，每一份特別都只是一個不容於人類社會的存在罷了呢？

她很怕吵，不喜歡大部分的對話，畢竟人類講的話裡面，百分之九十都是廢話。從小到大，在學校裡幾乎是沒有朋友的，或者即使有了，身邊的人也能感覺到她明擺著的抽離與隔閡。國中的時候，有一天上廁所，一盆水從上面淋下來，還有那麼幾次，書桌被翻倒在地上，整理整齊的抽屜內容物散落一地。

她喜歡聽樹、聽鳥，喜歡看星星。喜歡花很長的時間想事情，也喜歡埋首把那些想的事情實體化。

她很孤獨，那樣很好。但當然，人類是群居的動物。渴望被理解，變成了證明自己的動力。她把光帶上舞台，人們趨光。

「你可不可以正常一點？」

「正常一點會舒服一點吧。」

「這樣愛你真的好痛苦。」

被自己非常在意的人接二連三地這麼說。

失敗感再也無法忽視。

此刻，在空無一人的山路邊，肚子因為過久沒進食，正激烈地抗議著。白蟻持續著牠們熱烈地追尋，毫無章法地朝任何有光亮的地方衝撞上去。光的後面究竟有什麼？牠們恐怕是沒有認真想過的吧。如果這個世界上真的有上帝，她總覺得這人創造出這樣一種生物，是在開一個其實對整個世界來說也無傷大雅的無聊玩笑。

「這是生存意志的考驗是嗎？」她想。「老娘都千里迢迢來到這裡了，當然就是為了活下去啊。」

拿出放在包包裡的口罩戴上，壓低沒有護鏡的安全帽，她發動了機車引擎，關掉車燈，轉下油門，為了活下去。

就這樣，她盡其所能地融入黑暗裡，在一片白蟻海中開始前進。速度不能快，因為可以的話還是盡量不想壓到那些一臉木然的青蛙。對向來了一台計程車，女司機搖下車窗對著她大罵「開燈啦！危險耶！」她也無動於衷。你們這些人才不懂。

彎道綿延不斷，旅館提供的地圖根本很難看懂，畫的人到底知不知道自己在幹什麼啊？Google Map 在這裡也失去了定位作用，方向感什麼的，這個世界此刻不想給她。

記憶中，來的時候有遇過一間小商店。她平常是不記路的，在台北住久了，這座城市大概長什麼樣子已經變成反射性的認知了。有伴一起出去玩的時候，她只要先提醒對方自己是路癡，也就不用擔負這方面的責任。反正除此之外她是一個很好的旅伴，怎樣都好，怎樣都能自得其樂不無聊。而現在，她被迫著必須開始整理模糊的記憶輪廓。那時候經過的商店到底在左邊右邊呢？

就在努力推敲的時候，忽然感覺到口罩裡有東西在動，那毛毛的觸感，從嘴唇快速地轉換到鼻孔附近。那一瞬間，也不管這裡是上坡路的正中央，她緊急停車，右手緊壓煞車把、左手幾乎要失去理智地用力扯下口罩，在一片漆黑裡甩動，然後，她全身的力氣從丹田出發，到達聲帶，直直噴射了出來。

「啊！！！！！！！！！！」

吼完的瞬間，山回以她一陣靜默。

沒有回聲、蟲鳴也停了。

三秒鐘。

然後牠們又開始叫，唧唧唧唧。

終於到達那間商店的時候，門口有幾個穿著雨衣正在吃冰的年輕人，應該也跟她一樣是來這裡旅遊的。進了店裡，左手邊櫃檯處，兩個女店員正在跟一家人聊小孩，像是彼此很熟識的樣子。店員給了她一個怪異的眼神。這裡只有她是獨自前來，以一個一看就知道是遊客的身分。

商店很大，有兩層樓，但是一半以上的架子是空的。有一度她覺得自己好像置身在什麼末日電影裡，主題大概是蟲害。

拿個泡麵、餅乾、飲料，速速結了帳。

回程的路途是路燈的另一邊，白蟻相對少了。經過一台一樣是觀光客的機車，上面的兩個女孩停在路邊，似乎也為蟲擾所困。她很想回頭叫她們關上車燈。

「融入黑暗裡，就不會被打擾了。」想跟她們這麼說。

終於回到旅館，煮了熱水。邊哼著歌邊打開泡麵、加了調味包。發現沒有拿筷子。

不知道哪裡來的倔強，她不想跟櫃檯求救。泡好麵，拿了房間附的泡茶小銀匙，撈起泡麵，痛快地吃。

生存大概就是這麼一回事。

陽台上傳來一陣窸窸窣窣的聲音。

一隻戴著項圈的小貓倚在紗窗邊，喵喵叫著。

「要進來嗎？」她問，一邊打開紗窗。

貓躡手躡腳地走進房間，發現狀況安全，開始極力撒起嬌來。牠似乎餓了，頻頻聞著泡麵剩湯的氣味，還不客氣地翻找起垃圾桶。

她苦笑，扳了幾片三明治餅乾的邊緣放在手裡，貓囫圇吞棗地吃下肚去。接著牠躺在地上呼嚕起來，聲響震動了地板。

把貓趕出去以後，窗上除了數隻白蟻，還貼著一隻半個手掌那麼大的蛾。肥厚的身體、長長的腳，翅膀粉粉的，上面有兩個眼睛。時不時離開窗面，再用力撞上來。啪啪啪啪。

蛾也趨光，世間一半以上的生物趨光。

洗了一個熱水澡出來，蛾還在。

躺在床上，翻開小說，夏天的蟲鳴此起彼落，海濤聲遠遠傳來。

窗邊拂進涼涼的風，這裡是無人之境。

當她終於閉上眼睛，那些聲響都不曾停止。明天起床旅伴就要來了，她不知道自己會不會想念今晚的寂寞。她終究無法決定自己要停留在什麼地方，那裡又有沒有光。有時候她覺得心裡充滿愛、有時候又覺得那裡只是一片空曠。

白蟻的觸感、青蛙的眼睛、過去的種種、未知的種種。

在今天晚上，都已經太過奇幻而變得不再重要了。

想過平靜的生活，只是所謂的正常究竟是什麼，她還需要一些時間來懂。至少她知道怎麼在黑暗裡前進，也知道自己還想活下去。

只要還存在著，就努力活下去吧。

時針剛過午夜十二點，包包裡的安眠藥，今天沒有吃。

「辛苦了喔。」跟自己這麼說。

她就要失去意識。

漏接

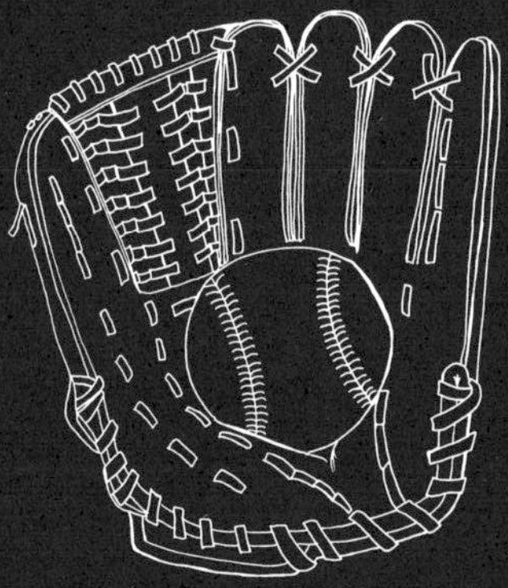

第一章

那是一間五樓十坪大的小套房。有窗戶、有小陽台可以曬衣服。走進門，迎面而來是小巧精簡的浴室。洗手台、馬桶、蓮蓬頭，就跟一般出租套房一樣，純粹是功能性的存在。左手邊是一個正方形空間，有一片挺大的對外窗。擺進書桌、電腦、小茶几跟一張床，差不多就滿了。

你們對這間房子做的第一件事情是粉刷牆壁。其中一面刷成鵝黃。鵝黃，是平和的顏色。你堅持買小罐紅色油漆，在床頭用簡單線條畫起畫來。你畫大大小小的樹，還有房子。房子有小煙囪。你一直都很喜歡煙囪。

這是你們學習生活的開始，買了一點點家具、簡易可以在家裡煮東西的套組，帶著不太多的家當，好興奮地住了進去。第一個晚上，你們大放音樂，喝著啤酒，開心閒聊到精疲力盡。

這段日子，生活有一點辛苦。你們做音樂，聽的人都還沒有現在多。他做收音、混音維生，從高中開始玩龐克團，他覺得這就是他命定要做的事了。被找去為籃球隊頒獎典禮當背景樂隊，覺得好高興，即使還要幫校隊的明星球員伴奏，讓他們像偶像一樣的唱歌電妹妹，也澆不熄熱情。想起高中生活，他總是巴拉巴拉講個不停。那種時候，你看他就像他嘴裡那個衝動無懼的少年，對這個世界有很多憤怒，卻也因此一直往前。

你開始的時間晚，很多東西還在學。搬家以後開始在生意很好的簡餐店打工，作品還沒問世，對自己的現狀經常一陣茫然。對你來說，他是學習的對象也是對手。為了追趕，也為了搞清楚自己到底可以走去哪裡，你的努力，顯得急躁而焦慮。

他有一對濃烈的劍眉，兩條眉間總是緊緊皺著。大大的眼睛形狀微微下垂，鼻頭很圓、嘴唇很厚，皮膚黝黑、鬢角也是。

遠看，就像一隻舞龍舞獅。

可是細看的時候，你會發現那雙眼睛非常細緻。雙眼皮加上又濃又長的睫毛，與總是微微滲水的大大瞳孔，匯集起來，成了透露著些許不安、溫和而敏銳的視線。

透過這樣的一雙眼，我們可以知道它擁有一個同樣深沉而複雜的主人。你可以感覺到那世故背後隱藏著樸質，只是必須找到接近的路逕。他是社交性的，每到一個地方便會立即想辦法融入其中。他是熱情的，可那熱情的底部並不一定真的都在沸騰。

當他真心想要幫助人的時候，他會忽然變得很天真。看到撿資源回收的老太太搬著一大車東西過馬路，他一定把車停在路邊上前幫忙推。做這件事讓他很快樂，他是真心喜歡年紀比他大上半個世紀的人。

若他是社會化的體現，你便是自閉症的代表。

在大部分的成長過程中，你跟同儕之間的對話是少的。你跟他一樣擁有太過敏銳的感受力，不同的是鮮少去說。你時常為一個眼神、一個呼吸的停頓、一句話裡的用字煩惱上大半天。那些時間你窩在自己的世界裡思考，思考阻隔了這個世界。於是你擁有擺明冷漠的姿態，可心裡其實一步一步勾勒出當下場景之中所有人際關係的脈絡。

他常常花很長時間盯著你看。他想知道你在想什麼。

沒有保留是一件困難的事。

台北的房子房租都不是太便宜，你們很多時間跟精力是耗在維繫生活上面。

在認識你之前，他過了一段吃力的日子。跟朋友租了客廳的一塊隔成房間，一天一碗滷肉飯填飽肚子。

開始有比較穩定的收入後，他一直很努力在營造自己想要的生活，工作也就越接越多。那些工作不一定都是快樂的，而創作也是耗能。他寫歌很慢，是那種得給自己一個期限，關在一種狀態裡一次寫完十幾首歌的狀態。這樣的過程很痛苦，他總覺得自己快要被榨乾。

每天他回到家，腦力耗盡，已經無法再有太多深度的對話，只想窩在你腿上歇歇，或是癱在床上打打電動、跟你述說工作上的煩惱，那些煩惱說出來也就好一點了。

可是你常常想，你該怎麼讓他快樂呢？有時候你急了，你是屬於時時刻刻都在想辦法解決問題的人。面對他的困擾，你講了很多自己的想法，是希望能幫上忙的。結果搞得他好累，他其實只是想耍耍廢。

至於你的煩惱，那盡是一些連你自己也無法整理清楚的思考。你需要嚴肅的對話，或者寧可自己一人處在安靜裡面。

有時候，你想當下就離開這裡，去哪裡一個人隨便走走都好。

你們不太吵架，多半時候是你亂發一把脾氣，他戲謔地笑笑走開，兩人一陣子不說話。他大概永遠搞不清楚你發脾氣真正的原因，實際上就連你自己也常常搞不清楚原因。

就像有些時候，尤其是天氣熱的夜晚，他抱著你睡得正沉、你在睡夢中不自覺把他狠狠推開。

可是也有幾個夜晚，他沉沉睡去發出巨大打呼聲、吵得你無法入睡。你看著身邊這個人，他永遠鬆不下來的眉間、身上因為技巧還不純熟、割線都浮起來了的刺青，總會不小心落下兩滴眼淚，覺得眼前的生物真美。

你窩進他懷裡，抱著入睡。

那天兩人買了一些日用品，手牽手走回家，那隻約四個月大的小貓在附近徘徊，見到你們一邊喵喵叫一邊磨蹭過來。好可愛喔！好親人的貓。你們蹲在那裡跟牠玩了一陣，要走的時候、牠撒嬌著不讓你們離開。

「怎麼辦？要養嗎？」

「不然我們試試看打開門牠會不會走進來好了，如果牠跟我們走到五樓就養吧！」

這隻貓咪膽子也真大，門一打開，牠呼溜地鑽了進去。你們一層一層爬，一邊回頭叫。牠一層一層跟，一邊也回應著你們。

一層一層。

雖然門一關上貓咪開始緊張四處逃竄爆衝搞不清處發生什麼事，你們哇哇哇哇哇哇哇看著家裡各種東西碰碰倒下。等貓終於安靜下來了聞到香香的罐頭就給牠呼嚕嚕吃個精光，你們想也該給牠洗個澡吧，結果牠老兄大概是以一個「媽呀老娘出生至今可沒碰過有人這樣對待我啊那嘩啦啦什麼東西啊濕答答好可怕好討厭而且這什麼味道啊啊啊啊啊啊啊啊啊啊啊啊啊啊啊啊啊啊啊」的語氣咒罵了一番自己坎坷的命運，你們手上也瞬間一條條滲出血來。

貓還是這樣住了下來，每天吃飽喝足、跟你們一起窩著睡覺。

有時候你會想，可牠畢竟是流浪過的貓啊！底下的小小巷弄曾經是牠唯一的家。

不知道哪根筋不對，那天你抱著牠走出房門，在陽台讓牠往下看。

貓整個拚命叫了起來，整個晚上叫個沒完。

你知道牠在外面過著的一定不是舒適的生活，颳風下雨沒有遮蔽、吃東西也是有一餐沒一餐，況且，後來你們貌似見到牠母親，那隻老貓全身佈滿皮膚病，看起來狀況非常不好。

心裡難受，你動了放牠走的念頭，他卻要你冷靜下來想想。

「雖然自由，可還是跟我們待在一起活得比較好吧。」

那幾個牠叫個不停的夜晚，你好幾次流了眼淚。

幾天後牠不叫了，食物還是呼嚕嚕吃著，睡覺還是硬要擠在你們倆中間。那短暫的傷感很快被忘記，只是你沒說，你從沒停止懷疑過一開始決定豢養這隻貓的決定。

鋪上的木地板是廉價的，大概受不了冷熱交替加上濕度摧殘，它開始從角落龜裂浮起。附上的家具只有一塊塑膠套在鐵架外面的那種簡式衣櫥，衣物有點多，堆在底下的皮式配件久了也就被這麼遺忘，想到要用再拿出來的時候，上面竟發了一層厚厚的霉。

偶爾，螞蟻在裂開的縫隙間猖狂穿梭。

工作一整天，回家累癱著想好好休息的時候，踩過那塊凸起的地板，一股怒氣直線攀升。你跪在地上用單手用力搥打了地面一陣，換來的是破皮與瘀血。

「搬家吧。」你們說。

新房子座落在鬧區巷弄裡的一樓，巷子很小、住家不多。房子外面有一塊空地，可以停兩台車，但若不想刮花車屁股的烤漆，停車技術得要非常好才行。再往巷子裡面走個幾步，隱藏著一間小廟。小廟人不多，只是一些居民固定聚會的場所。

真要整理才發現，之前那間小小的房，竟也默默堆了這麼多家當。你總是拿捏不準什麼該留什麼該丟，只要你問他，他必定回答「都丟了吧」。

新生活不就是要除舊布新嗎？

第一次買自己的沙發，搭配巨大工作桌跟擺滿的書櫃，還有真正可以下廚的廚房。你們花上幾天安頓好新家，一切完備的夜晚，開心開了酒慶祝。

買了一對很大的監聽喇叭，向位對著客廳正中央，節奏輕快的搖滾樂放出來，縈繞整個安靜的巷。他擁有幾樣你完全沒辦法的技能，例如永遠能把各種電子設備的軟硬件安置妥當以及整理線材。你雖然喜歡打掃清潔，卻非常不擅長收納，相反的，他是把所有東西整齊擺放進系統櫃的王。有時候他會忘記自己把東西收在哪裡，就跟每個有收納強迫症的人一樣。

他把你的一團混亂收好了，結果你們都再也找不到了。

有時候你會生氣，你討厭他收你的東西。可是氣一氣卻又笑了。

也好。

開始有餘力買買稍微奢侈的衣食以後，你們便養成儲藏酒精的興致。每天可以一起品品酒聊聊天，是戰戰兢兢的日子裡小小的幸福。

他音樂事業漸漸起步，演出人數越來越多。你離開咖啡廳，開始在獨立小唱片行裡打工。

是誰先開啟這個習慣的呢？起床之後倒一杯威士忌，一邊工作一邊啜飲。事業上的溝通更顯繁雜，抱怨的對話便越來越多。溝通到快要針鋒相對的時候，這麼做讓你們保持平靜。

新收養了兩隻小貓，年紀很小。撿到的時候是裝在一個紙箱，箱裡還放了條生魚。

本來只是要做中途的，可那個晚上牠們就窩在床上跟你們一起睡了。反正家裡這麼大，就養吧。加上室友的狗，這屋子塞了兩組人四隻動物，好不熱鬧！

狗的個性有點頑劣，為了護食物會發兇、亂尿尿被打會不甘心咬回去。但狗可愛起來很多事情都可以被原諒，於是你們忽略不愉快的經驗，忙起來的時候，根本也沒空管牠的為所欲為。

直到那天狗咬壞了新沙發，他在工作疲累的夜晚回家看見眼前的景象，整個人崩潰，抓著狗對牠大吼大叫，還猛摔壞幾樣手邊的東西。

你嚇壞了。只是一張沙發而已，別這樣！

事實上，擁有一張沙發是窮怕了的他的夢想。對他來說生活一直是累的，他的苦一直在累積。曾經看輕他的眼神、話語，還有那些一天只能吃一碗滷肉飯的日子。被邊緣化是痛苦的，他好想成功，想讓那些曾經狗眼看人低的人，終有一天對他畢恭畢敬。

酸楚化成眼淚，從他粗獷的臉上滑落。

他覺得你不懂。

就像跨年他還要工作，這件事讓他不快樂，結果你笑著說他可悲。他當然是受傷的，但你想說的只是，你覺得他可以不用這樣。

兩隻小貓生病，其中一隻在你回家的時候發現再也不動了。你打電話給他，他回家抱著乾冷的小貓身軀倒在地上泣不成聲。你當然也難過，可是你困惑。你不曾為任何發生在自己與他人身上的悲劇聲嘶力竭，你甚至，幾乎是不在他人面前落淚的。

關於苦，你從不敢認真說，你是那種因為沒考九十分以上，被老師大板伺候、少一分打一下的時候，手痛到沒有知覺，臉也絕對不揪一下的人。

透露脆弱是很危險的事，你在成長過程中一直抱持著這樣的意識。

每當他苦，你總是不知所措。你看了心裡難受，卻不知道該說什麼。如果可以，你希望他為簡單的事情快樂。

可是，其實你只要靜靜待著，讓他累的時候有個地方可以靠就好。

家裡沒酒了。

那天你一個人在家，對著電腦忙碌。直到工作一陣、休息時間，你的手邊沒有酒。你忽然發現自己的手，無法抑制地顫抖。

你感覺自己的心有一個洞。

也曾經想說，是不是其實比較適合分開呢？

出來走跳那麼久，大家都忘記他其實還沒當兵了。終於放下拿到大學學歷的堅持，發完第二張作品、事業開始有起色之後，他跟他的團員們，決定一起去把兵役完成。退伍就要出新作品，還要辦成團十週年的演唱會，但諸如此類的想望，依然無法抵過即將失去自由的苦澀。

你特別去高雄陪他上車。他憂鬱之際，還是很開心能有你陪伴的。送他離開的時候有一點想哭，你們擁抱、你們對兩人未來的想像一片模糊。

難得可以通話的時候，你聽他講各種軍營裡發生的事。對比他在裡面的生活，你搬回家裡跟父母同住，過得意外健康充實。每天吃清燙蔬菜，對著窗戶自在發想。

自己的作品終於露出，巡演的生活讓腳步變得踏實。你平靜許多，你滿意當前的生活。

體力的操練讓他變得精瘦強壯，加上伙食難以下嚥，他吃得少、動得多，太陽也曬得多，整個人黑巴巴的。可每一天，也都是內心與體制的激烈對抗。你們見面的時候，你心裡是充滿了愛憐，可他說的話離你好遠，那個充滿男性氣味、大家都被迫玩著階級遊戲的地方，是另一個你無法理解的世界。

日子久了，你們的通話變得貧乏。停在那裡動彈不得的時候，你們也講過或許該給彼此一段時間去想想。

可是啊，好多好多的回憶把你拉住了，例如那天，兩人在台中開著那台白色小車。

它是一台沒有屁股、底盤偏低的老跑車。音響太爛了，你們便把三件式的桌上喇叭搬到車上。最大顆的放不下，便把線牽到後車廂，這也導致低音是從後座整個轟隆隆震出車外的。開在路上，蹦蹦蹦地竄出車陣，總是吸引旁人目光。你們對這樣的ＤＩＹ是滿意的，你們總是笑著說路人可能以為裡面坐著臭屁孩小流氓。

你是那種只要坐上車就會超級想睡覺的體質，一直以來都不是一個很好的副駕駛。

那一天，你勉強撐著自己的意志，兩人有一搭沒一搭聊著。經過那個十字路口，左轉的剎那，他理所當然踩下油門加速，一瞬間，你用全身的力氣驚叫出來。要是叫聲緩個一秒，你們便要撞上正在過馬路的一對父女。

年輕的父親嚇壞了，他狠狠瞪著車裡的你們。他也嚇壞了，為什麼會沒看到呢？那個時候，你決定從今以後只要一起開車，無論如何不會再睡覺了。

還有那麼一回，你們一起去墾丁度假。那陣子他為了累積創作不能好好接工作，筋疲力盡之際還要面對金錢壓力，心理狀態一直很緊繃。你們好不容易抽出時間休息，剛好朋友在墾丁的飯店工作，可以關照讓你們低預算旅行。

他買了一條藍色海灘褲，上面佈滿白色魚骨頭圖案。你有點不高興，不是沒錢了嗎？不懂省小錢一直亂買東西的話，狀況只會越來越糟啊！

傍晚你們回到住的地方，房間有小陽台，外面擺了桌椅。坐在那，靜靜望著夕陽，你們都沒有說話。你看向他倔強的神色，看得有些入迷。那張臉刻琢上疲累，看向遠方。

隔日白天你們在沙灘上散步，天很藍、海很藍，海風風速緩慢。鹹鹹的海水黏在皮膚上，頭髮沾上了沙。趁他去上廁所的時候，你忽然興起，拿起他的手機，按下錄影，對著鏡頭講話。

「錢的事情你別擔心，我們一起想辦法。你可以買魚骨海灘褲啦！」

不知道為什麼，你講一講就快要哭了出來。

後來那段影片變成你們時常拿出來笑鬧的話題，魚骨海灘褲一直穿到今天。

你曾經對愛有過各種複雜的想像，那些想像是一塊一塊的，一個畫面或者一句無法被複述的情話。

直至你慢慢意識到愛就像一條恆常的時間軸，遠看如一道虹，近看才發現它原來是各種無關緊要的碎片所累積。

小心翼翼踩過每一天，拿一分一秒雕琢著明天的模樣所遺留下的、那大量的碎片。

花了很長時間你才下定決心。決定再一起住的當下，你有一種預感，下一間房子會是你們的終點，某個無法預設的結局正等在前方。

一起找房子非常快樂，你們很快找到了喜歡的房子。那是一間五樓的大房，兩房一廳還有一個很大的開放式廚房。大片窗戶適合讓貓咪窩在那裡看風景，因為房間有兩間，也不用再擔心沒有自己空間的問題。

添購各種家具，浩浩蕩蕩入住。

其中一間房弄成工作間，安放好新的電腦跟錄音設備，書櫃也放滿了。一人一張工作桌，你們興奮裝飾自己的區塊。你的牆上總是貼得密密麻麻，有手稿、繪畫、自己的攝影作品和朋友的明信片，他的牆上則是貼了喜歡的龐克團海報，還有自己樂團歷年的各種視覺。

他退伍以後，你們各自生活了一段時間。生活的每一天，因為有不同碰撞而更新技能。再一次同居，你們都多了可以把生活打理更好的自信。

他有一個如果讓外人、尤其是喜歡他音樂的人瞥見，他會非常羞赧彆扭的面向。這個外表粗獷、叛逆、在舞台上散發王者之氣的男子，其實，超級會撒嬌。

在外面撐起來的氣場，回家軟癱為泥。把頭埋進你懷裡、用孩童一般的聲音叫他幫你取的小名。拉著你玩奇怪的遊戲、得意自己對玩樂的發明。

像這樣玩上一陣，變成你們每天的日常規律。

他喜歡下廚，煮給你吃讓他覺得幸福。你喜歡吃麵，他就研發了屬於自己味道的麵。當然不是每次都成功，硬要你給評論的時候，不管中間要改進的地方在哪裡，最後你的結論一定是「不管怎樣還是很好吃的，都可以開麵店了。」

也許等你們都厭倦一直追索著更大舞台的日子，一起開家熱食菜單上只有獨門乾麵的酒吧，會是一件很快樂的事。

當你發現自己有那樣的念頭，自己也覺得驚愕不已。

或許是因為你們都過了還在塑型的年紀，又或者已經太過了解對方，面對明天，你們不再誠惶誠恐。這段日子前所未有的平穩，你時常想，或許自己的世界，這樣真的夠了。人的內心終究寂寞，沒有人真能把自己的腦袋拿出來給對方品嚐。你們可以為一起變成更好的人努力，至於如何定義更好的人，你想，或許便是能夠盡力去理解對方吧。

在一個如以往兩人窩在大餐桌上喝酒聊天的夜晚，你終於打開從他那裡收到多年的邀請函。

「好吧，我們結婚吧。」你說。

第二章

小時候，他的夢想是成為一個職業棒球選手。

棒球這門運動很神奇，兩個隊伍、一隊九個選手，耗在一顆直徑 72/8mm 的球上，一耗就是一個半天的時間。投手把球丟出去，打者有三顆好球或四顆壞球以內的機會可以揮擊，可是要累積到三顆好球或四顆壞球的路徑有非常多種排列組合，有時候連三顆壞球以後打者等了兩顆好球，接下來是一連串把進點不夠甜的球破壞掉的界外球對決，最後打出去可能安打可能出局。如果連續幾個打者都以這種模式安打下去，一局下來就可以打上四五十分鐘。

棒球場最著重的是氣勢，這個氣勢有時會相當詭異，例如原先打得有氣無力的隊伍，在最後一局一陣風吹過以後，忽然連續得分的情形都是時常有的。對棒球沒有熱情的人，看個兩局就失去耐性了。不像其他球類運動那樣持續保持在動態之中，棒球其實是一場等待的遊戲。可是喜愛棒球的人會說，懂什麼？這就是棒球的魅力，不到最後一局，你永遠無法臆測真正的結果。

雖然因為父母反對，他最後沒有成功成為一個棒球選手，可是高中開始，他每天都跟同學一起在學校大操場上打棒球，那時候的他又瘦又黑，一張稚嫩的臉帶著一臉不滿的表情。

一直到長大成年，開始一邊接工作一邊勉強維持學業的日子，他對棒球的喜愛依然沒有改變。放假會去球場看球，或是到打擊練習場揮棒，他為自己喜愛棒球感到驕傲，甚至把棒球哲學當成自己的信仰。

他一直都想要組一個自己的家庭，一個在外打拚回來，可以好好棲身的所在。他渴望成功，凡事需要計畫、甘於享受安逸。他有很多朋友，跟這些人在一起，總是帶著友善的距離去喜歡。互助互利的關係是理所當然的，面對討厭但有助益的人，都可以笑笑地握手暢談。深知自己的目標，就一步一步很有耐心地去達到。即使一次只走一點點距離也沒有關係，只要努力，沒有達不到的事情。

他們曾經多次討論過彼此有多麼不同。他所愛的這個女人，崇尚自由、崇尚被深刻地懂。計畫令她煩躁、安逸的反面是一種寂寥。朋友很少，卻每一個都像是要把靈魂掏出來給對方吃乾抹淨似的。給予這些人深深的理解，讓她覺得快樂。對於商業體系裡既定的遊戲規則，看在眼裡，卻說服不了自己去走。究竟喜歡的是成功，還是被懂的不寂寞，這件事情，連她自己也還看不大懂。唯一知道的是音樂的世界很大，她還想花時間懂的有太多太多。

他愛惜著這樣的她，當然沒想過自己認不認同。

她也非常喜歡棒球。

父親年輕時為衝事業非常繁忙，但假日只要天氣好，他一定帶著她去附近的空地上投接一整天。他訓練她投球和打擊，而她最喜歡的便是接高飛球的練習。

那時候棒球比賽是可以在廣播上聽的。每次坐父親的車，他們會為了要聽完一場比賽繞去很遠的地方。她跟父親都是味全龍迷，最喜歡的選手是來自多明尼加的坎莎諾。沒有比賽的日子，她常常在家裡自己模仿廣播，球賽結局總是坎莎諾打了滿壘全壘打。

國小六年級，父親答應讓她去參加棒球夏令營。她天性怕生又容易緊張，在那裡並沒有交到太多朋友，當然打棒球很開心，可以跟厲害的棒球選手一起投接球也很開心。

夏令營尾聲，他們進行一連串的小隊賽。她是女生，自然被安排到球比較少的中外野去防守。心裡是不服氣的，從小練習接高飛球不是練假的啊，這種時候怎麼能不好好證明自己呢。

等了整場比賽，沒有一顆球需要她，但她沒有放棄，一直處在備戰狀態。九局上半，她的小隊努力追趕，終於打成平手。輪到他們防守，壘上有人，此刻球數兩好三壞。

夜燈閃亮亮、肚子有點餓。投手抬起手、投手抬起腳。投手跨出大步，甩動他修長的手臂。

那是一記直球。

匡啷一聲，她愣住了，不是吧？那球正直直朝著她的方向飛來啊。她聽見自己的心跳迅速起伏，腦袋為判斷前後快速轉動。伸出手套，嘴巴微開。她感覺到球與手套之間劇烈碰撞，就像彗星高速墜落撞上了地球。

啪嗒！

球卡在手套邊緣，可是它沒有往內滾，它彈了出去。

回想起來，這一整串悲劇所帶來外在與內裡衝擊，一直還是如此清晰。

凌晨四點回到家，家裡空無一人。往沙發上一癱，盯著收納整齊的小茶几發呆。

拿起手機，傳了訊息。

「你在哪裡？」訊息傳出。

「快到家了，開會到剛剛。」訊息回覆。

「那我先去洗澡喔。」

打開熱水，冰冷的四肢得到舒張，她全身濕透，浸沐在水裡。洗劑洗去了身體的菸酒氣，從髮絲間、從皮膚上、從心坎裡。

這些日子，他們很少說話。好像在比賽一樣，兩個人回家的時間越來越晚。

究竟是怎麼開始的呢？

她總是用天馬行空的比喻說話，用湖水一樣的心去映照世界的光。湖水深不見底，裡面黑黑的，想看清楚需要花很多力氣潛行。

可能連她自己都不知道裡面有什麼。

直到困惑擾亂了這一切，潮水漲起來的時候，撞擊力沖垮擋在現實前面的牆。

心開始失衡、朝著一個不曾想像過的方向偏離而去的時候，究竟該怎麼呼吸？

她真的好困惑，快要瘋了。

她嘗試過跟他討論這件事，討論她想要的、以及她做不到的。而他早在自己的事業裡困住了，迷惘的是人生怎麼都不在自己計畫的軌道上呢？沒有計畫，他就慌亂。一慌亂，就更需要一個全然空白的出口。

失去了傾聽的能力，也就同時失去了說的能力。這方面，誰都再也找不回來。

走出浴室，看見他癱倒在自己剛剛倒過的地方。那張沙發乘載了溫度、汗水、貓毛與貓的嘔吐物，彈簧些許地方凹陷了，表面看上去也有些崎嶇。他就癱在那些崎嶇上頭，雙眼睜著。

她坐下來，把手貼在他油亮亮的額頭上，大拇指撫著他的眉間，想讓它稍微鬆開一些些。

「喝了酒？」

「嗯。開會的時候喝了很多。」

「我也喝到剛剛。」

「嗯。我想也是。」

「今天怎麼開那麼晚？」

「事情不順利。」

「是嗎。」

然後她看見了。眼淚從那雙大眼睛的眼角滑落，沁濕濃密的睫毛，停在圓圓鼻頭的旁邊。

「我需要你，可是你都不在。」

「我現在在了。」

「好寂寞。」

「嗯。」

「你都不懂，我真的好寂寞。」

「對不起，我也是。」

「對不起。」

那之後他很少回家了，總說工作太忙，住在公司。她不是怕孤獨的人，但現在一個人待在屋子裡便覺得渾身不對勁。兩隻貓咪躺在窗台上，懶洋洋地望向遠方。冰箱嗡嗡作響，裡面只剩下過期的飲料和一些可以久放的乾酪。夜裡躺在空蕩蕩的床上，即使享受著巨大的空間跟沒有打呼聲的寧靜，卻反而完全無法入睡。腦袋裡想著各種辦法，都不是真的辦法。她無法改變自己，也不可能改變對方。事實上她愛這樣的他，就像他愛這樣的自己一樣。

他確實愛這樣的她。在公司裡，他不斷思考家的問題。家到底是什麼？如果失去了愛情，用更大的愛是否能夠包容？一直到那天晚上在餐桌上她說了那句話之前，他都覺得只要還有機會，家是可以用另一種方式維持下去的。

「我愛你，也知道你愛我，所以我們必須放對方走。我們都想要對方快樂，不是嗎？」

坐在那張乘載了食物、塵埃、皮屑、毛髮，以及巨量時間的餐桌擁抱彼此。威士忌去掉一半、煙灰鋼滿了。天氣是冷的，臉頰卻好濕熱。

「我愛你。」

「我也愛你。」

一邊哭一邊笑著，兩個人像傻子一樣。各自深吐一口氣，酒杯各自拿在手上，輕輕敲在一起。清脆的聲響，是他們始終聽不膩的聲音。

第三章

我們一起吃過早餐。

我喜歡吃蛋，吃了兩顆。他喜歡吃蛋餅，吃了一整份。

那天天氣很好，天空藍藍的，幾乎沒有雲。他戴著鴨舌帽，椅子邊放著電腦包，一臉笑咪咪。我忘記那天穿什麼衣服了，總之應該是全黑的，那陣子總喜歡這樣穿。

我們坐計程車，他喜歡坐計程車。

到戶政事務所的時候，他牽了我的手。

我們就這樣，像兩個在約會的年輕人，牽著的手還前後晃，走進那棟老舊的建築物，按了電梯。

到了那層樓，燈光明亮，人不多。

抽了號碼牌，號碼一下子就叫到了。

坐上櫃檯，我們兩個都笑出來，笑得很開。

「你好，請問要辦什麼？」

「你好，我們辦離婚。」

簽字的時候，我聽見他深深呼吸。他總是這樣深深呼吸，在想事情的時候、決定事情的時候、決定完事情以後。

他簽上他的名字，我簽上我的。

他的字一直都很好看，小時候有練過書法。

我的字還好，總是有些潦草的。

我還順便換了身分證的照片。一張微笑的臉，腮幫子圓圓、頭髮短短。

那張照片是我們之前一起去快照機拍的。

下了樓，陽光照在吹了冷氣的身體上，暖和起來。

「抱一個吧。」他說。

「好啊。」我張開手。

我們擁抱，我決定不忍眼淚了。

但它們只有淡淡地濕潤眼睛而已，並沒有流出來。

抱了很久，我們分開，他眼眶也紅了，我笑出來。

「那我去上班囉。」

「好。」

「你怎麼走？」

「我散個步。」

「好。」

我們揮手道別，各自往要去的地方。

美國國家衛生研究院發表過一份報告，他們利用核磁共振掃描了一千八百名青少年及兒童的大腦，結果驚訝地發現，二十五歲之前，人大腦內負責組織想法、壓制衝動、權衡行動的前額葉皮質區，其實根本還沒有完全長成。

回想起來，二十歲的我遇上二十三歲的他，一個才剛有投票權，才剛開始用大學肄業的身分要去闖蕩新世界。一個表演觀眾還只有十幾二十個人，還在過著上來台北要寄人籬下的生活。兩顆缺一塊的腦袋碰在一起，不知不覺竟也這樣手牽著手，度過了將近十年的歲月。

我們真的好屌（笑）。

只是，結果時間並不能帶我們跨越孤獨的牆，誠實才能。

這篇文章是整本書第一篇開始寫的，卻一直寫到了最後。我一直在想，它該以什麼結局收尾呢？

然而事實上是，這場延長加賽，到目前為止還在打著。

愛情這種東西，我其實始終不知道該怎麼以一個清楚的脈絡去定義，但是愛，倒挺確定大概是這樣了啦。

後來，他開始談新的戀愛之前，曾經有那麼一度躊躇。那時候我跟他說，覺得對了就不要怕，反正再糟的也都遇過了。

至於我呢，我喜歡女生，這是我唯一確定的事。

眼前的光景瘋狂與頹敗依然，可能我心裡的洞也不曾被填滿。洞其實是巨大的質量，讓我無從妥協，必須追求誠實的極致。根本不可能否認洞，否則將無法以一個完整的姿態去面對這個世界。

開始意識到這樣的自己其實可以有非常多的獲得，以及更多給予的能力的時候，回頭看才驚覺，我們一直在學習什麼是愛，並或許勢必到終於漏接的一刻，才能理解愛吧。

球打到手套邊邊，它沒有滾進去，它掉了出來。

說實在，不是很爽。

但，我還是有把球撿起來奮力往本壘丟喔。我想長到這個歲數，臂力應該也變得夠強了。

那裡有一個全世界最好的捕手在等，他會接住球，阻殺試圖闖過防線的跑者。

他一直蹲在那裡。

國家圖書館出版品預行編目資料

幹上俱樂部：3D妖獸變形實錄／鄭宜農作. -- 初版. -- 臺北市：
麥田, 城邦文化出版：家庭傳媒城邦分公司發行, 2017.10
面；　公分. --（藝饗・時光）

ISBN 978-986-344-504-3（平裝）

855　　106018072

藝饗・時光 02

幹上俱樂部

3D妖獸變形實錄

作　　者　鄭宜農
責任編輯　張桓瑋

版　　權　吳玲緯　蔡傳宜
行　　銷　艾青荷　蘇莞婷　黃家瑜
業　　務　李再星　陳美燕　杻幸君
副總編輯　林秀梅
編輯總監　劉麗真
總 經 理　陳逸瑛
發 行 人　涂玉雲

出　　版　麥田出版
104台北市民生東路二段141號5樓
電話：(886)2-2500-7696　傳真：(886)2-2500-1967
發　　行　英屬蓋曼群島商家庭傳媒股份有限公司城邦分公司
104台北市民生東路二段141號11樓
書虫客服服務專線：(886)2-2500-7718、2500-7719
24小時傳真服務：(886)2-2500-1990、2500-1991
服務時間：週一至週五09:30-12:00・13:30-17:00
郵撥帳號：19863813　戶名：書虫股份有限公司
讀者服務信箱E-mail：service@readingclub.com.tw
麥田部落格：http://blog.pixnet.net/rye¬eld
麥田出版Facebook：https://www.facebook.com/RyeField.Cite/

香港發行所　城邦（香港）出版集團有限公司
香港灣仔駱克道193號東超商業中心1樓
電話：(852) 2508-6231　傳真：(852) 2578-9337
E-mail：hkcite@biznetvigator.com

馬新發行所　城邦（馬新）出版集團【Cite(M) Sdn. Bhd. (458372U)】
41, Jalan Radin Anum, Bandar Baru Sri Petaling,
57000 Kuala Lumpur, Malaysia.
電話：(603)9057-8822
傳真：(603)9057-6622
E-mail：cite@cite.com.my

設　　計　萬亞雰
電腦排版　宸遠彩藝有限公司
印　　刷　沐春行銷創意有限公司

初版一刷　2017年10月31月

定價／340元

ISBN：978-986-344-504-3